MW00592377

LONDON 1603

CLAC
CLOC

CLAC
CLOC

BURPS
CLOC CLAC
CLOC

?
CLAC
CLOC

BOFF

RÜLPS!

ZIEP
?!
PLITSCH

?!
PLITCHER

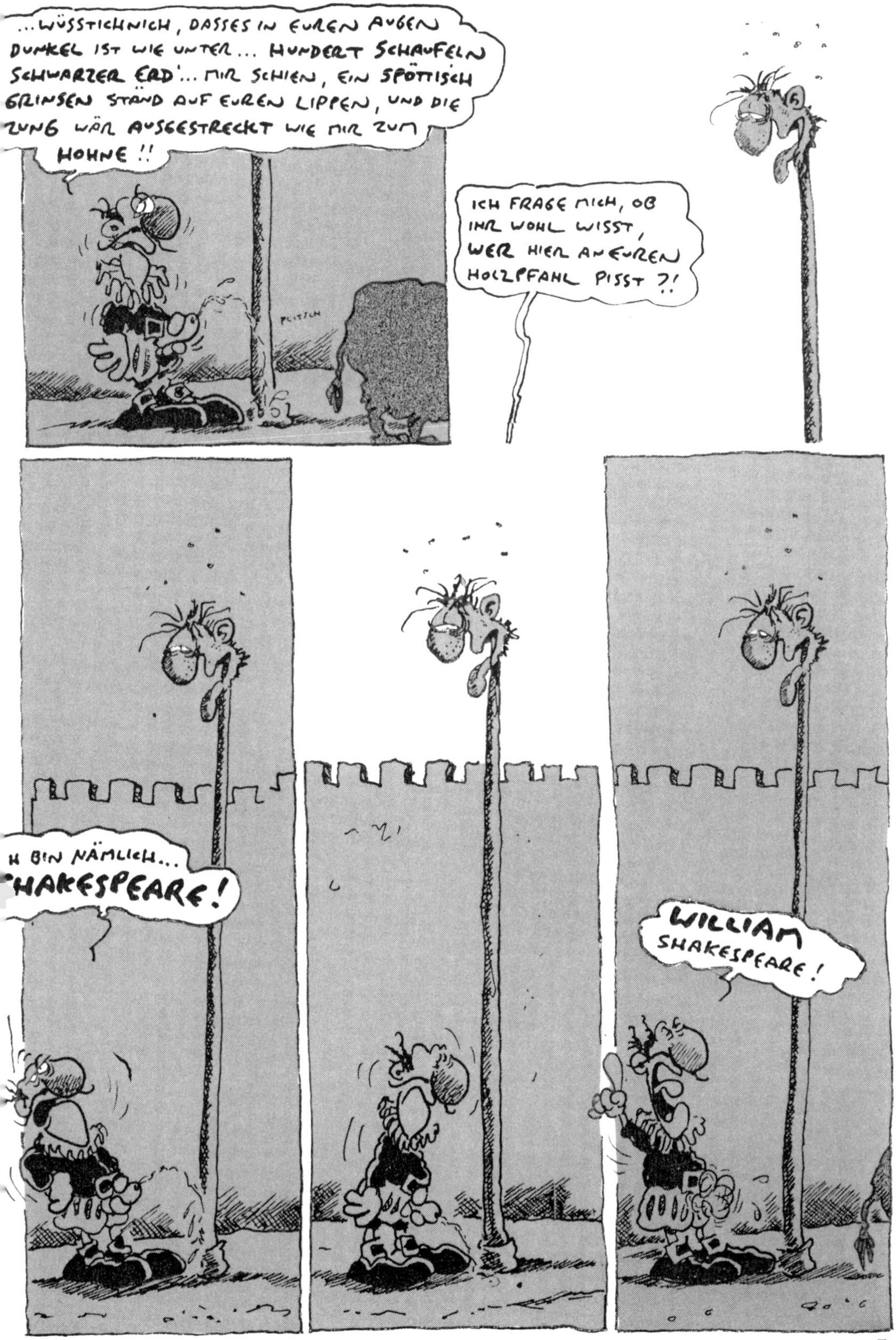

ICH FRAGE MICH, OB IHR WOHL WISST, WER HIER AN EUREN HOLZPFAHL PISST?!

H BIN NÄMLICH...
HAKESPEARE!

WILLIAM SHAKESPEARE!

HI HI HI...

FLAP FLAP FLAP FLAPP

AH, ICH SEH, WIE IHR MIT TOTER ZUNG VERSUCHT, BEIFALL MIR ZU SPENDEN!

ODER SCHIELT IHR NUR AU MEINEN SCHWANZ? MIT VERLAUB, MEIN HERR, IC PACK IHN EIN. NACH KÖRPERLICH BEGIERDEN STEHT MIR NICHT DER SINN.

MIR SCHEINT, DER JUNGEN MÄNNER LIEBE LIEGT IN DEN HOSEN NUR - NICHT IN DES HERZENS TRIEBE.

?
DIE LIEBE FLOH ZUM HIMMEL, SEIT... WOLLUST LIEBE HEISST!!
SCHNÜFF...

SHAKESPEARE!!!
?!

IHR SEID DOCH WILLIAM SHAKESPEARE!?
WAS?! NEIN... IHR MÜSST EUCH IRREN... ICH BIN NICHT SHAKE-SPEARE! DOCH ZEIGT MEIN ANTLITZ DES... ÄH.. BERÜHMTEN DICHTERS ZÜGE UND ÄHNELT DEM, DER ICH NICHT BIN...
KLAR SEID IHR SHAKESPEARE! NUR SHAKESPEARE REDET SO'N ZEUG!

OH, SCHREIBT IHR MIR EIN KLEINES SONETT?! MIT AUTOGRAMM?!!
UND NOCH EINS FÜR MEINE FREUNDIN?! SIE HEISST MARGRET, HAT ROTE HAARE UND WOHNT IN OXFORD!

ICH HABE ALL EURE THEATERSTÜCKE GESEHEN! UND ICH HABE ALLES MERCHANDISING GEKAUFT, DAS ES VON EUCH GIBT! AUCH DIE ROMEO UND JULIA-TASSEN UND DIE FALSTAFF-SOCKEN!
MARGRET SPIELT EIN BISSCHEN BRATSCHE UND HAT IMMER SCHMERZEN IM UNTERLEIB... FÄLLT EUCH DAZU WAS EIN?!
WIE KOMMT IHR NUR IMMER AUF DIESE IDEEN? IHR MÜSST VIEL PHANTASIE HABEN, WAS?!
WANN KOMMT DENN MAL WIEDER WAS NEUES?!

WAS SCHREIBT IHR DA? „DIE LIEBE IST WIE..."
SKRZ SKRIZL

"...TAUBENKACKE, PUTZT SIE GETROST EUCH VON DER BACKE..."

?

DAS IST ABER NICHT SO SCHÖN...

SKRIZ...

WER IST DAS?

SHAKESPEARE. ER SCHREIBT AUTOGRAMME!

ECHT?!

RÜLPS

KRIEG ICH AUCH EINS?!

JUUDITH!! HIER IST SHAKESPEARE!!

...WIRD ER GEKÖPFT?!!

"IST DER MENSCH ERST EIN GERIPPE, IST VORHAUT FUTSCH UND SCHAMGELIPPE."

DA HAT ER RECHT!

DAS STIMMT!

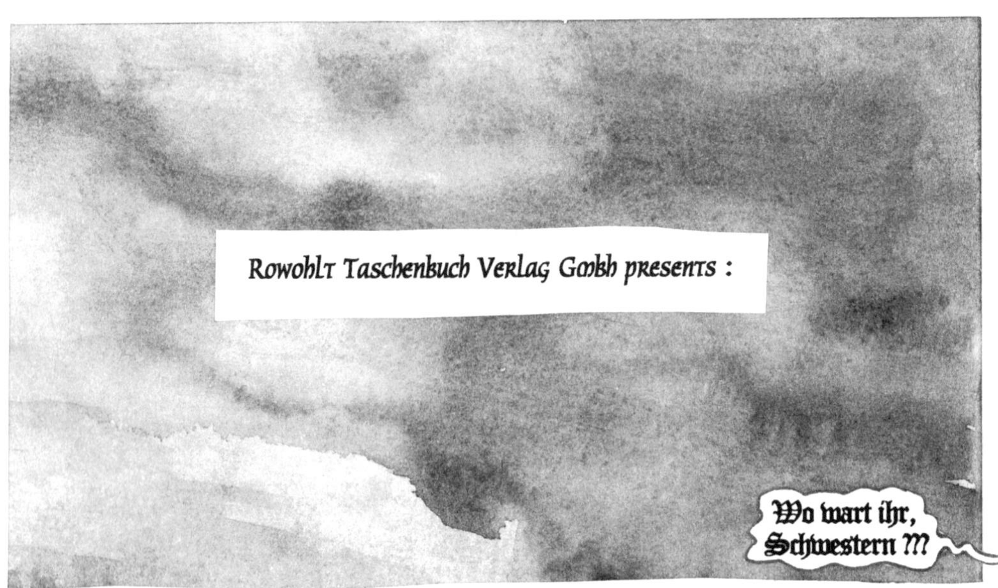

Rowohlt Taschenbuch Verlag GmbH presents :
Wo wart ihr, Schwestern ???

# JAGO

Schweine gekillt !
Und du ?!

Schiffe versenkt.

Hihihi...

Pffth !!

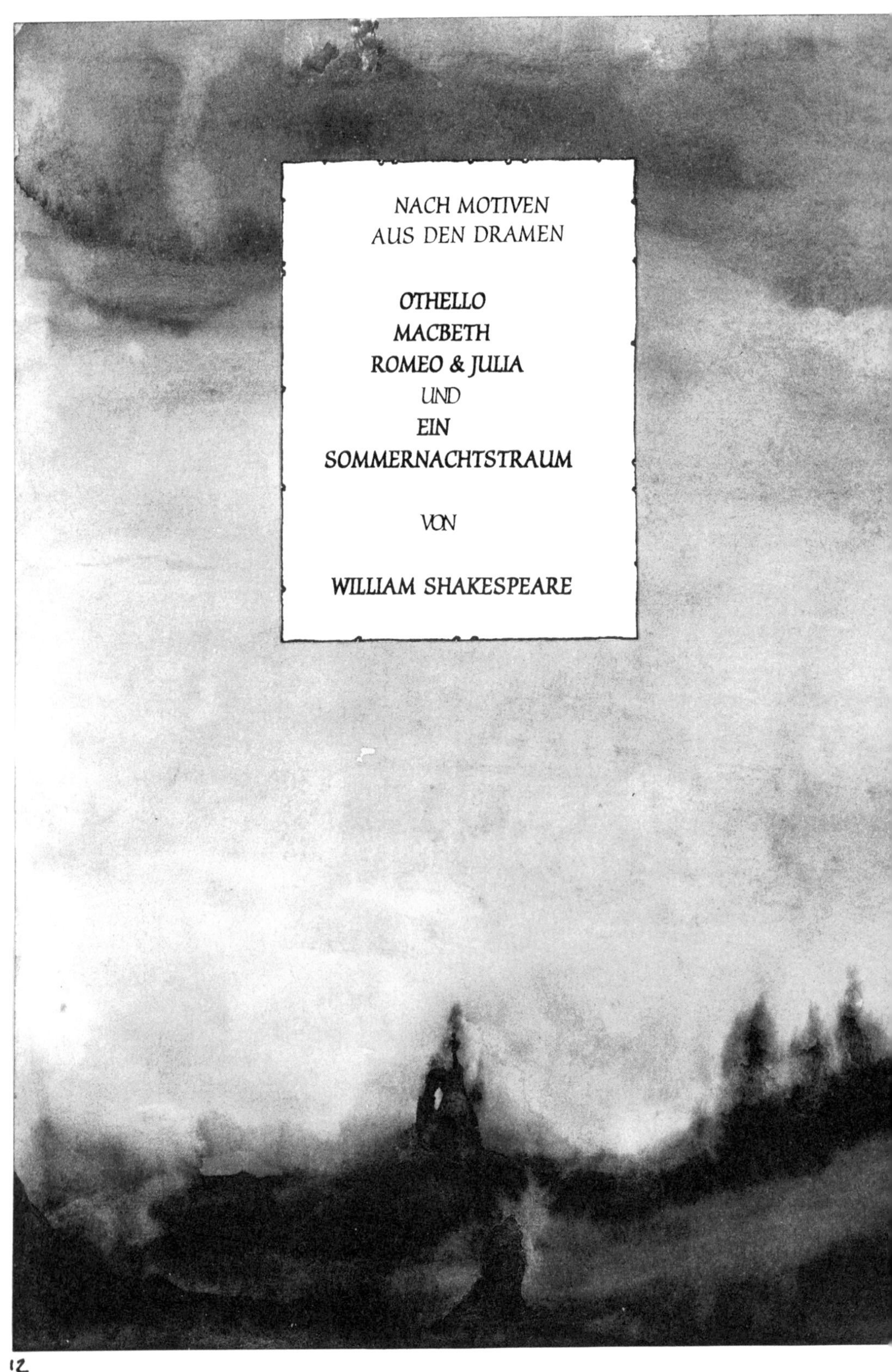
NACH MOTIVEN
AUS DEN DRAMEN
OTHELLO
MACBETH
ROMEO & JULIA
UND
EIN
SOMMERNACHTSTRAUM
VON
WILLIAM SHAKESPEARE

Beeilt Euch, wir kommen zu spät !!
Hast du die Türkennase für die Brühe?
Was?!! Wieso... Türkennase?!!! Ich hab keine Türkennase!!!

Ich hab Krötenschleim, Unkenzehe, Hundemaul und Hirn der Krähe, Läster- judenlunge, Bilsenkraut und Tatarzunge, die Hand des neugeborenen Knaben, den die Metz erwürgt im Graben, Frosch- votzenpulver...aber keiner hat mir was gesagt von Türkennase !!!
Sie hat keine Türkennase!!! Ich fass es nicht!!

Originalausgabe
Veröffentlicht im Rowohlt Taschenbuch Verlag GmbH,
Reinbek bei Hamburg, Juni 1998
Copyright © 1998 by Rowohlt Taschenbuch Verlag GmbH,
Reinbek bei Hamburg

Umschlagentwurf : Thomas Henning
( Zeichnung: Ralf König )

Lektorat: Jürgen Volbeding

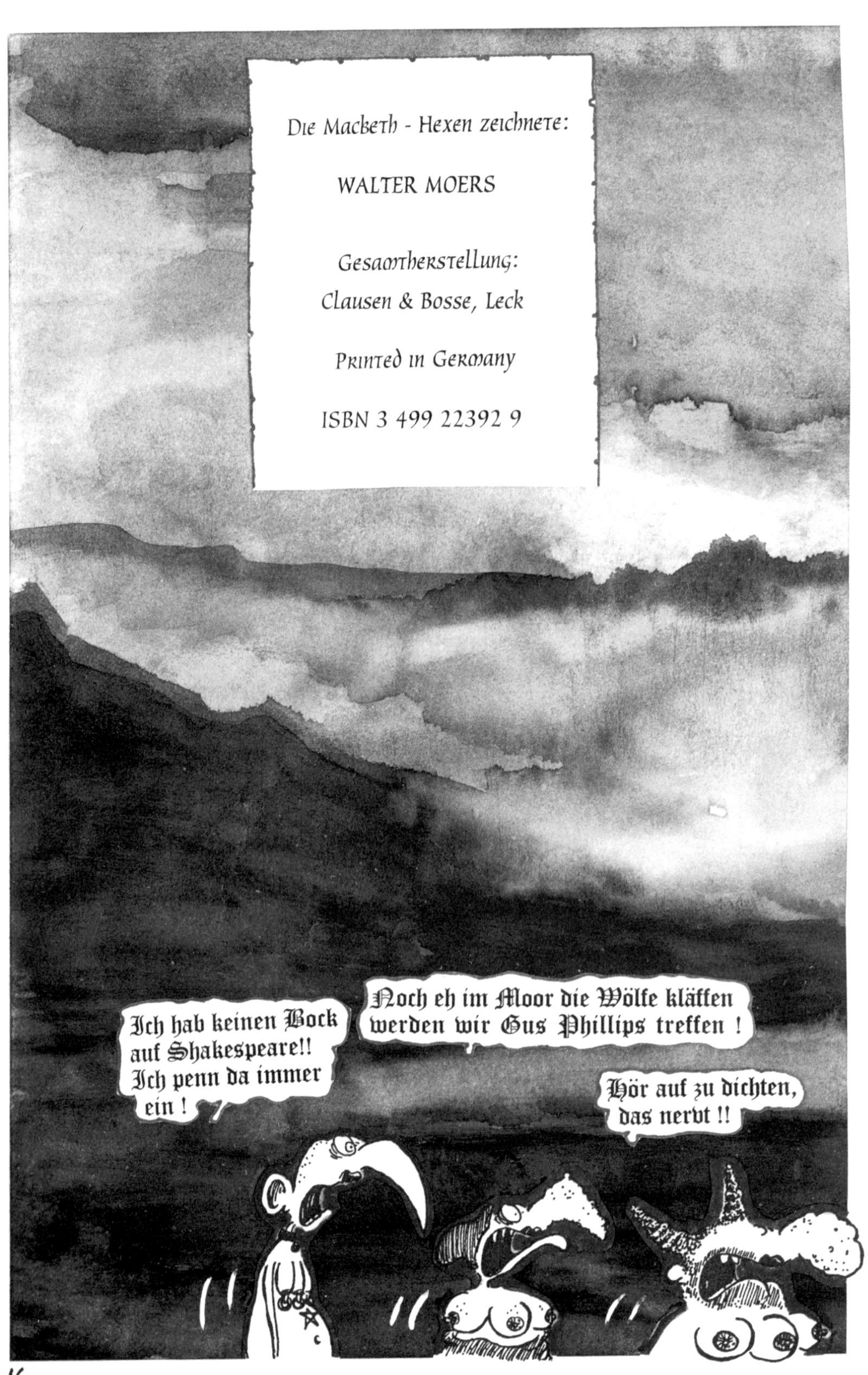
Die Macbeth - Hexen zeichnete:
WALTER MOERS
Gesamtherstellung:
Clausen & Bosse, Leck
Printed in Germany
ISBN 3 499 22392 9
Ich hab keinen Bock auf Shakespeare!! Ich penn da immer ein !
Noch eh im Moor die Wölfe kläffen werden wir Gus Phillips treffen !
Hör auf zu dichten, das nervt !!

# ACT I

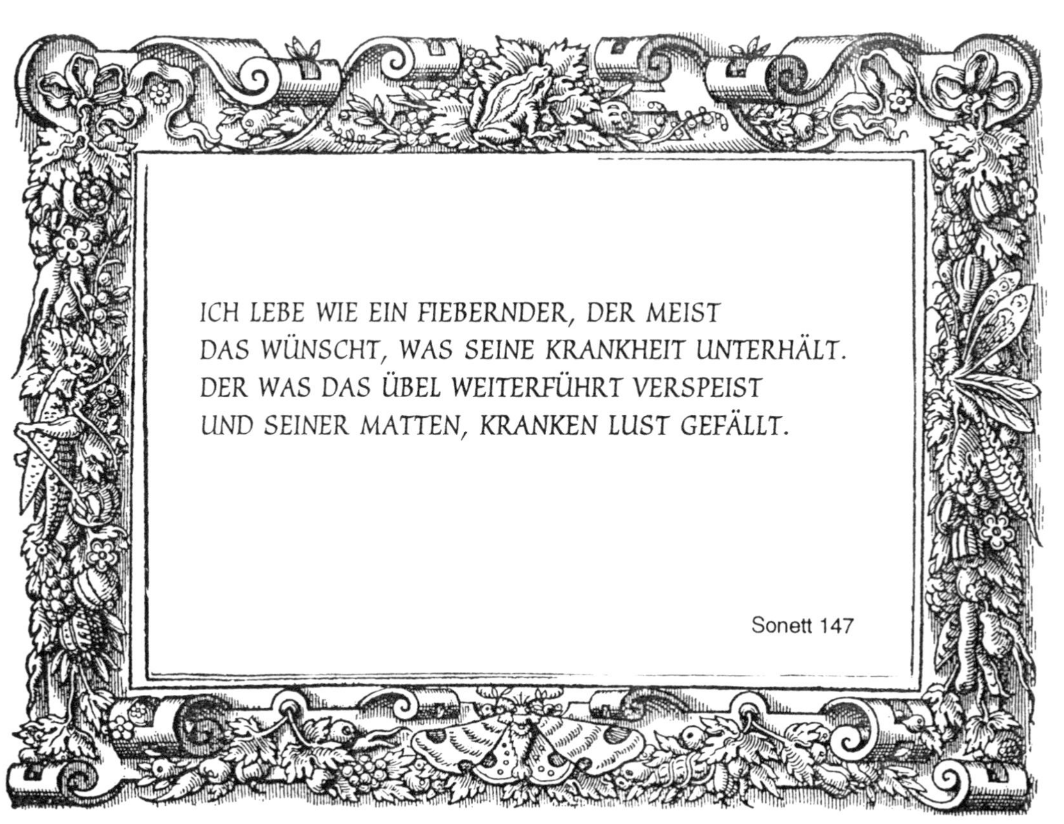
ICH LEBE WIE EIN FIEBERNDER, DER MEIST
DAS WÜNSCHT, WAS SEINE KRANKHEIT UNTERHÄLT.
DER WAS DAS ÜBEL WEITERFÜHRT VERSPEIST
UND SEINER MATTEN, KRANKEN LUST GEFÄLLT.
Sonett 147

Mr. WILLIAM
# SHAKESPEARES
# HAMLET
TRAGEDIE

The Names of the Principall Actors

Henry Condell.

Richard Burbage.

William Kempt.

Samuel Gilburne.
Robert Armin.
William Ostler.
Nathan Field.
John Underwood.
Nicholas Tooley.

Thomas Poope.

Augustine Phillips.

William Ecclestone.
Joseph Taylor.
Robert Benfield.
Robert Goughe.
Richard Robinson.
Iohn Shancke.

KOMMT, HERR!!

WOHLAN, MEIN PRINZ!!

KLIRR
KLING!
KLING
KLING

SCHEPPER!

... UNSER SOHN WIRD GEWINNEN!
ER SCHWITZT UND RINGT NACH ATEM! HIER, HAMLET, NIMM MEIN TASCHENTUCH, WISCH DIR DIE STIRN!

HECHEL HECHEL SCHWITZ!
WOW, CHARAKTER-DARSTELLER RICHARD BURBAGE GIBT WIEDER ALLES!!!

WIE WEIT SIND SIE?
GLEICH GEHT GERTRUDE HOPS!
DIE SOLLEN SICH BEEILEN!
UNSER HAMLET IST HEUTE IN FORM! ICH WETTE, DIE STERBESZENE DAUERT ZEHN MINUTEN!
DANN SCHEISS ICH AUF DEN SCHLUSS-APPLAUS! ICH WILL UM SECHS AUF DEM MARKTPLATZ SEIN, UND BEI DEM GEWÜHL IN DER STADT...
WIESO? WAS IST AUF DEM MARKTPLATZ?

DA ENTHAUPTEN SIE HEUTE EIN PAAR HOCHVERRÄTER.
WAS HEISST „SIE"...
...ER ENTHAUPTET HEUTE EIN PAAR HOCHVERRÄTER!
WAS ?! WER ? DOCH NICHT ETWA...?!
...DIESER KNALLGEILE HENKER, DIESER...
DOCH. HEUTE KÖPFT GEOFFREY STRYKER, DER HENKER MIT DEM GEILSTEN NACKTEN OBERKÖRPER DER WELT!
NNEEIIIINN!
DA MUSS ICH HIN!!
ABER NICHT IN DIE VORDERSTE REIHE, DA SPRITZT DAS BLUT SO! LETZTES MAL HAB ICH MIR DABEI MEIN SCHÖNES SWEATSHIRT VON GALVIN KLYNE VERSAUT!
ICH FIND'S AUCH BESSER, WENN SIE BRENNEN. DA STINKT ZWAR DIE KLEIDUNG DANACH, ABER DAS KANN MAN RAUSWASCHEN...
DER MANN IST EINE AUFGEBLASENE, GLATTRASIERTE, EITLE, PARFÜMIERTE SCHWUCHTEL! UND ER KÖPFT NICHT NUR HOCHVERRÄTER, SPIONE UND KATHOLIKEN, SONDERN AUCH SODOMITEN WIE UNS!!
TYPISCH TOM POOPE! WENN EINER NICHT BEHAART IST WIE EIN OCHSE UND NICHT AUCH SO STINKT, IST ER 'NE PARFÜMIERTE SCHWUCHTEL!
ICH FINDE IHN SEXY. EGAL, OB ER SODOMITEN KÖPFT.
ABER ER IST SELBER SODOMIT!
NA EBEN. DESHALB SO GEPFLEGT UND KÖRPERBEWUSST. GUCK DIR DIE ANDEREN HENKER AN, DIESE EKLIGEN KOTZBROCKEN!
MAN MUSS SODOMIT SEIN, WENN MAN WAS AUF SICH HÄLT!
ALSO ICH FÜR MEINEN TEIL BIN FROH, DASS ICH NICHT SO AUSSEHE UND MÜFFEL WIE DIESE HETEROSEXUELLEN BARBAREN DA DRAUSSEN IM PUBLIKUM.
GENAU. IMMERHIN SIND WIR HIER IN LONDON! DA KANN MAN SICH NICHT LEISTEN, ANDERE UNTERWÄSCHE ZU TRAGEN ALS DIE VON GALVIN KLYNE...
UND KÖRPERRASUR IST EINFACH GANZ AKTUELL!
ALS ICH MAL IN FLORENZ WAR, HABEN SIE EINEN GEVIERTEILT! DAS WAR AUCH CHIC!
DER HENKER WAR ALLERDINGS BEHAART.
KLAR... ITALIENER...

SOLANGE DIE SODOMITEN IN DIESEM LAND SICH WIE DIE WEIBER PARFÜMIEREN UND MIT IHREN HENKERN INS BETT STEIGEN WOLLEN, ANSTATT GEGEN SIE ZU KÄMPFEN, WIRD DAS NIE WAS MIT DER SODOMITENBEWEGUNG!
HAUPTSACHE, DU BIST EIN RICHTIGER KERL!
KICHER...
ICH FINDE, TOM POOPE HAT VÖLLIG RECHT! ES GIBT KEINE MÄNNER MEHR IN LONDON. NUR AFFEKTIERTE SCHWUCHTELN!
OBEN IN SCHOTTLAND, DA GIBTS NOCH ECHTE KERLE! DIESE MUSKULÖSEN, STÄMMIGEN BEINE UNTER DEN SCHOTTEN-RÖCKEN! WENN SIE DIE NOCH RASIEREN WÜRDEN... ICH SAGE EUCH: POR-NO-GRA-FIE!
STIMMT, SCHOTTENRÖCKE KOMMEN JETZT GROSS IN MODE! DA LIEGT SCHON EINER BEI GALVIN KLYNE IM SCHAUFENSTER!
KANN ICH MIR WIEDER NICHT LEISTEN BEI MEINEN GICHTHAXEN...

KLING

DIE KÖNIGIN TRINKT AUF DEIN GLÜCK, HAMLET!
WERTE MAJESTÄT!

GERTRUD, TRINKT NICHT!!
ICH MÖCHTE ABER, MEIN GEBIETER ... ICH BITTE EUCH, VERZEIHT MIR!

ES IST DER VERGIFTETE KELCH!
ES IST ZU SPÄT!

KOMMT, ZUM DRITTENMAL, LAERTES! ICH BITTE EUCH, STOSST ZU MIT EURER GANZEN KRAFT!
RÖCHEL!

KOMMT ZUM DRITTENMAL, LAERTES ... ICH BITTE EUCH, STOSST ZU MIT EURER GANZEN KRAFT!!
SEUFZ...
... ICH LIEBE DIESE TEXTSTELLE!

ICH WETTE, WILLI HAT DEN GANZEN HAMLET NUR WEGEN DIESEM SATZ GESCHRIE-BEN!!
KRAISCH GACKER GACKER GACK!!!
STÖHN...
WENN ICH DIE HAUPTROLLE SPIELEN KÖNNTE ANSTELLE DIESER HETEROSEXUELLEN BLÖD-BACKE DA DRAUSSEN, ICH WÜRDE DIESEN TEXT HAUCHEN!
ÜBERHAUPT WÜRDE MIR DIE ROLLE DES DÄNISCHEN PRINZEN GUT ZU GESICHT STEHEN. IM GEGENSATZ ZU BURBAGE BIN ICH JUNG, GUTAUSSEHEND UND BLOND.
WILLI SHAKESPEARE SCHREIBT GANZ GUTE THEATERSTÜCKE, ABER VON CASTING HAT ER KEINE AHNUNG!
DU SPIELST DIE OPHELIA. DAS IST WENIGSTENS 'NE RICHTIGE SPRECHROLLE. GUCK MICH AN, ICH BIN NUR 'NE DOOFE HOF-DAME.
OPHELIA! ZWEI AUFTRITTE ALS UNGLÜCKLICH IN DIESE KLEINE FETTE KNALLCHARGE VERLIEBTE DUMPFPUTE, UND DANN HAT MIR WILLI AUCH NOCH DIE STERBESZENE GESTRICHEN!
DAS SAH ABER AUCH REICHLICH BEKNACKT AUS, WENN DU VERSUCHT HAST, AUF DEN BÜHNEN-BRETTERN DRAMATISCH ZU ERTRINKEN!
ICH WILL ENDLICH EINE HAUPTROLLE!
ICH WILL SCHAUSPIELERISCH AN DIE SPITZE!
ICH BIN BESSER ALS BURBAGE!
KNIRSCH
ICH BIN DES TODS, HORATIO! UNGLÜCKSELIGE KÖNIGIN, ADE!
...ÄHM...
?
IHR, DIE IHR BLEICH...

ACH JA. ENTSCHULDIGUNG. AN DER STELLE KOMM ICH IMMER DURCHEINANDER! ICH MUSS MAL MIT WILLI REDEN, OB ER...
KNIRSCH...
MACH WEITER!!!
ÄH... IHR, DIE IHR BLEICH AUSSEHT UND OB DIESES SCHRECKENSFALLES ZITTERT...
...DIE IHR NUR STUMME SPIELER UND ZUHÖRER SEID IN DIESER HANDLUNG...
DER MANN IST DER SCHLECHTESTE SCHAUSPIELER VON HIER BIS CARNAVONSHIRE!! WO IST WILLI?! WIESO SIEHT ER SICH DAS NICHT AN?!!
WAHRSCHEINLICH ARBEITET ER AN DER NEUEN TRAGÖDIE...
...DAS WÜRDE MICH ABER WUNDERN.
HM. SOVIEL ICH WEISS, WAR ER HEUTE NACHT WIEDER STURZBESOFFEN!
...TOTAL BLAU WAR DER!
GENAU. ER HAT AUF DER BRÜCKE AUTOGRAMME GEGEBEN!
...AUF DER BRÜCKE?!
AUF DER BRÜCKE. DIREKT UNTER DEN AUFGEPFÄHLTEN KÖPFEN DER SPANISCHEN SPIONE!
SPONTANE SIGNIERSTUNDE SOZUSAGEN...
ICH SAGE EUCH... DER ALKOHOL...
UND GEDICHTE HAT ER GESCHRIEBEN!
GENAU! MEINE SCHWESTER HAT AUCH EINS:
„WAS LIEBESGLÜCK UNS AUCH VERHEISSE - WAS BLEIBT, IST DOCH NUR GROSSE SCHEISSE."
PFFFH...

...DAS HAT SHAKESPEARE GESCHRIEBEN ?!!
DAS HAT SHAKESPEARE GESCHRIEBEN.
..ES WÄR AUF ERDEN SCHON DER HIMMEL, GÄBS KEINE MÖS' UND KEINE PIMMEL."
DAS HAT ER AUCH GESCHRIEBEN.
ICH SAGE EUCH, DER MANN ERSTICKT AN LIEBESKUMMER!
AH? WEN LIEBT ER DENN ?!
DEN EARL VON SOUTHAMPTON. DIESE HOCHNÄSIGE SCHWULETTE!
ER LIEBT EINEN MANN ?! IST ER DENN SODOMIT?
ICH WÜRDE SAGEN, ER IST BI!
IMMERHIN HAT ER 'NE FRAU UND ZWEI TÖCHTER IN STRATFORD.
IMMERHIN HAB ICH NEULICH EINEN RAUBDRUCK DER SONETTE GELESEN, DIE ER SOUTHAMPTON GESCHRIEBEN HAT! DA PREIST ER IN SCHÖNSTEN LIEBESVERSEN DIE SCHÖNHEIT DIESES LACKAFFEN!
SHAKESPEARE EIN SODOMIT! SO PROMINENT UND BELIEBT, WIE ER BEIM VOLK IST, SOLLTE MAN IHN OUTEN!
UND WAS SOLL DAS BRINGEN?
NAJA... WENN DIE LEUTE SEHEN, DASS SO JEMAND WIE SHAKESPEARE SODOMIT IST, VIELLEICHT ÄNDERN SIE IHRE MEINUNG ÜBER DIE SODOMIE UND DIE GESETZE WERDEN ENTSCHÄRFT UND DIE SITUATION DER SODOMITEN WIRD...
... VIELLEICHT. ABER EHER STELLEN SIE SHAKESPEARE AUF DEN SCHEITERHAUFEN!
OH, ICH STERBE, HORATIO ... DAS STARKE GIFT ÜBERMÄCHTIGT VÖLLIG MEINEN GEIST...
ACH JA... DER SCHEITERHAUFEN. DAS IST NATÜRLICH BEIM OUTEN HEUTZUTAGE NOCH EIN KLEINER NACHTEIL...
TOM POOPE... WAS SCHIELST DU STÄNDIG INS PARKETT ?! DAS FÄLLT MIR SCHON SEIT TAGEN AUF...
?!
ICH SEH NUR DUMPFE IDIOTEN, DIE VON WAHRER DICHTKUNST SO VIEL AHNUNG HABEN WIE KÜHE VOM BACKEN! ALSO... WAS SIEHST DU DA ?!
...NICHT DEIN BIER.

... NICHT MEIN BIER ?!
ALLES IST MEIN BIER, MY DEAR !
... SSSTH ! POOPE !
HÖR MAL ... EINE FRAGE ... SO VON MANN ZU MANN ...
ABER DAS SOLLEN DIESE TUNTEN DA NICHT MITKRIEGEN ...
?
... ES SOLL HIER AUF DER BANKSIDE EINEN NEUEN PUB GEBEN ... EIN ECHTER GEHEIMTIP ...
WEISST DU DA NÄHERES ?
IRGENDWAS MIT ... LEDER ODER SO ?!
„ZUM WILDEN SCHWEINSKOPF".
DAS KLINGT VIELVERSPRECHEND.
HÖR ZU ... DER LADEN IST KEINE TUNTEN-DISCO.
NA EBEN. DESHALB INTERESSIERT'S MICH JA !

DAS IST WIRKLICH ÜBELSTE HAFENGEGEND ... DA GIBT ES SEEFAHRER UND STRICHER, HAFENARBEITER, MÖRDER, DIEBE, NUTTEN, TRANSVESTITEN, DROGENDEALER, MENSCHENHÄNDLER ...
... UND WAS IST DAS MIT DEM LEDER ?!
NAJAA ... VIELE KERLE DORT TRAGEN KLEIDUNG AUS GEGERBTEM WILDSCHWEINLEDER.
HM.
UND ?

ICH MEINE, WAS IST SO AUFREGEND DARAN, KLEIDUNG AUS WILDSCHWEINLEDER ZU TRAGEN? JEDER METZGER TUT DAS!
EBEN.
DIE KERLE DA STEHEN AUF KERLE! SIE SIND UNGEWASCHEN, PARFÜMIEREN SICH NICHT, PFEIFEN AUF CALVIN KLYNE
LIEBEN HARTEN, KOMPROMISSLOSEN SEX UND RASIEREN SICH NICHT BRUST UND BEINE!
SIE WASCHEN SICH NICHT?!
HÖCHSTENS EINMAL PRO WOCHE, GENAU WIE HETEROS! DIE WOLLEN NICHTS ZU TUN HABEN MIT DER TUNTENSZENE!
ICH WÜRDE AN DEINER STELLE NICHT DA HINGEHEN. SO, WIE DU AUSSIEHST, SCHNEIDEN DIE DIR HÖCHSTENS DIE EIER AB.
AH?! WIE SEH ICH DENN AUS?!
ALSO... ICH MEINE... DEINE FRISUR. UND DIESE HAARFARBE.
WAS IST MIT MEINER HAARFARBE?!
NAJA... DIESES KNALLBLOND... DAS IST SCHON SEHR...
DAS IST NICHT KNALLBLOND, DAS IST KRANKES-HUHN-EIDOTTERGELB! ICH BENUTZE NUR NATURFARBEN!!
UND DIESE FRISUR IST VON MOB'S HAIR! FÜR TEUER GELD!
...SO TRAGEN'S DIE FREMDENLEGIONÄRE IN DER WÜSTE, WENN DU'S GENAU WISSEN WILLST!
AH. ABER DIESE KLAMOTTEN DIE DU DA TRÄGST...
WAS?! DAS IST DOLCE & GABBALLA!!
DEHNBARER, WEICH FLIESSENDER, MATT SCHWARZGLÄNZENDER ITALIENISCHER SATIN!!
...IN HOCHWERTIGER STRETCH-QUALITÄT!
STÖHN...
...DAS IST JEDENFALLS EIN PAAR PFUND TEURER ALS BLÖDES WILDSCHWEINLEDER!
TOM POOPE!!
OKAY... ICH WILL NICHTS GESAGT HABEN...

TÄUSCHE ICH MICH ODER WILLST DU MIR SAGEN, DASS ICH NICHT IN DIESE KNEIPE SOLL, WEIL DU MICH AUCH FÜR EINE TUNTE HÄLTST ?!
KNURR...

ABER NEIN, GUS PHILLIPS ... NIEMAND HÄLT DICH FÜR EINE TUNTE...
GEH NUR RUHIG NACHTS INS HAFENVIERTEL ... NIEMAND WIRD DIR DIE EIER ABSCHNEIDEN!
WENN DU DICH NOCH ETWAS GEPFLEGT ZURECHTMACHST, WIRD SOGAR KEINER MERKEN, DASS DU WELCHE HAST!!!
KNIRSCH...

KRAAAISCH GACKER GACKER!!!
OKAY, HAMLET IST TOT!
HORATIO UND FORTINBRAS MIT GEFOLGE AUF DIE BÜHNE!!!
PENNT IHR ODER WAS ?!!

OKAY, MÄDELS... BRINGEN WIR'S HINTER UNS...
UND ZWAR ZÜGIG. ICH WILL ZUM KÖPFEN.
GÄHN...

... DOCH DA IHR SO STRACKS ZU DIESER BLUTIGEN SACHE HIER ANGEKOMMEN SEID, GEBT BEFEHL, DASS MAN DIE LEICHEN HOCH AUF EINEM SCHAUGERÜSTE AUSSTELLT ...

... UND LASST MICH ZU DER NOCH UNWISSENDEN WELT DARÜBER REDEN, WIE ES ZU DIESEN DINGEN KAM! SO SOLLT IHR VON FLEISCHESLÜSTERNEN, BLUTIGEN UND WIDERNATÜRLICHEN TATEN HÖREN, VON ZUFÄLLIGEN VERHÄNGNISSEN, UNGEWOLLTEM TÖTEN, VON TODEN, BEWIRKT DURCH LIST UND AUFGEZWUNGENEN GRUND, UND VON ABSICHTEN, DIE, FEHLGESCHLAGEN, AUF DIE HÄUPTER IHRER URHEBER ZURÜCKGEFALLEN SIND!

KLATSCH
KLATSCH KLATSCH
GEGERBTES WILDSCHWEINLEDER! PFFH...
KLATSCH KLATSCH JUBEL! APPLAUDIER!!
OKAY, OPHELIA!
LÄCHLE!
BRAVO!! KLATSCH KLATSCH

JUBEL! KLATSCH BRAVO
PFEIF!!
KLATSCH
KLATSCH KLATSCH!
ICH... LIEBE DICH!
ICH LIEBE DICH AUCH...
MEIN NAME IST POOPE. TOM POOPE. ICH WAR DAMALS SCHAUSPIELER IN LONDON UND ICH... MÖCHTE IHNEN MEINE GESCHICHTE ERZÄHLEN.
HABEN SIE EINEN MOMENT ZEIT?
KLATSCH KLATSCH
KLATSCH KLATSCH

ÄHM... ICH... ICH BIN AUFGEWACHSEN IN EINEM EINSAMEN LANDSITZ WEIT ABSEITS DER HAUPTSTADT.

EINE MEINER FRÜHESTEN KINDHEITSERINNERUNGEN IST, WIE MEINE MUTTER MIR EINES TAGES IM FRÜHLING EIN VOGELNEST ZEIGTE.

GUCK MAL HIER!!
?

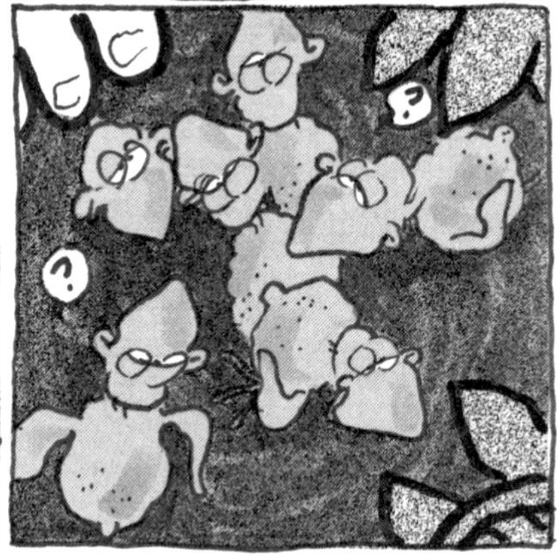

?
?

DURCH DIE BEWEGUNG IM GEBÜSCH DACHTEN DIE KLEINEN VÖGEL, ES GIBT WAS ZU FRESSEN, UND SPERRTEN WEIT IHRE SCHNÄBEL AUF.

SPÄTER SIND WIR NACH LONDON GEZOGEN. MEIN VATER WURDE PESTLEICHEN-MASSENGRABSVERWALTER UND EINER DER WOHLHABENDSTEN BÜRGER DER STADT.

IM GRUNDE TAT ER NICHTS ALS GRUNDSTÜCKE AUSSERHALB LONDONS ZU KAUFEN UND AUF DIE NÄCHSTE PEST ZU WARTEN.

ICH KAM MIT IHM NIE KLAR... ER WAR EITEL, FAUL, EGOISTISCH, SELBSTHERRLICH UND RÜCKSICHTSLOS...

...MEINE ERZIEHUNG WAR STRENG UND LIEBLOS, UND DAS WETTER KALT UND NASS.

ABER DAS WOLLTE ICH GAR NICHT ERZÄHLEN.

ICH... HABE EINEN MANN KENNENGELERNT, DER GANZ ANDERE KINDHEITSERINNERUNGEN HAT...

MUGUMPA!

?

TA!

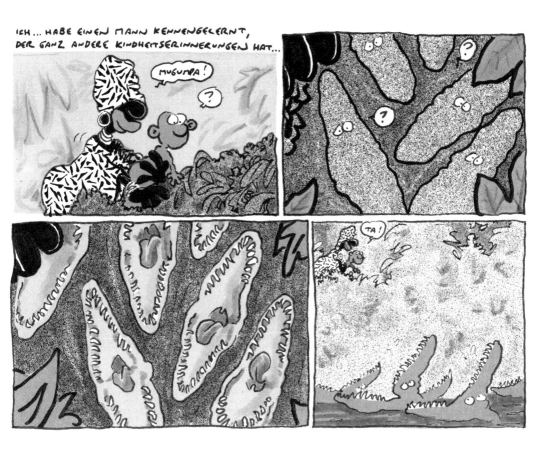

ER IST AUFGEWACHSEN IN WARMFEUCHTEN WÄLDERN UNTER BLAUEM HIMMEL.
SEIN VATER WAR EIN VORBEIFAHRENDER PORTUGIESISCHER SEEMANN, UND SEINE MUTTER EINE SCHWARZE ZAUBERIN.

BOMPA BOMPA BOMPA BOMPA BOM
SCHON ALS KIND SAH ER HEISSE FESTE IN TROPISCHER HITZE...
BOMPA BOMPA BOMPA BOMPA BOM
BOMPA BAMPA BOMPA BAMPA BOM
BOMPA BOMPA BOMPA BOMPA BOM
...FRUCHTBARKEITSRITUALE, GEISTERBESCHWÖRUNGEN, SAMBATROMMELN IM SCHWÜLEN MONDSCHEIN... UND BLUTIGE VOODOO-ZEREMONIEN.

DIE WELT SEINER KINDHEIT WAR ERFÜLLT VON GEISTERKRÄFTEN, WILDEN TIEREN, MAGISCHEN MONDNÄCHTEN UND PARADIESISCHER FREIHEIT.

ALS ER EIN KNABE WURDE, ENTDECKTE ER DEN SPASS, DEN ER MIT SEINEM SCHWANZ HABEN KONNTE ... ZUERST GENOSS ER ES, SICH VON KLEINEN MÜCKEN STECHEN ZU LASSEN...

...UND SPÄTER FICKTE ER IM URWALD ALLES, WAS SICH BEWEGTE ...

...WÄHREND MAN MIR MIT KRANKHEIT, TOD UND HÖLLE DROHTE, WENN ICH ES NUR WAGEN SOLLTE, MEINE VORHAUT ZURÜCKZUZIEHEN!!
IRGENDWANN SAH ER DANN IN EINEM HAFEN DEN ERSTEN BLONDEN MENSCHEN SEINES LEBENS.
?!
ES WAR EIN DÄNISCHER SCHIFFSJUNGE MIT EINEM ARSCH WIE EIN FRISCHER APFEL.
JEDENFALLS HAT ER IHN MIR DUTZENDMAL SO BESCHRIEBEN.
ER HAT IHN GEFICKT.
WAR WOHL 'NE GUTE NUMMER. SEITDEM STEHT ER AUF BLOND!
INZWISCHEN IST ER KEIN KIND MEHR. ER IST EIN KERL.
ALS ICH IHN KENNENLERNTE, HATTE ER IN LONDON SCHON SO ZIEMLICH JEDE DUMME, BLONDE TUNTE GEVÖGELT. DA KANN ER NICHT NEIN SAGEN. WAS BLOND IST, WIRD GEKNALLT!
UND ZWAR OHNE GNADE!
ICH BIN NICHT BLOND, ABER...
ICH... LIEBE IHN.
UND ER LIEBT MICH...
...IRGENDWIE.
WISSEN SIE, ER IST EIN TIER! FASZINIEREND. WILD. ROH. GEHEIMNISVOLL.
UND DER SEX IST.. WOW!! DA STEHEN DIE TUNTEN SCHLANGE!
...UND ICH MITTENDRIN! UND ICH HABE SIE GEHASST, WENN SIE IHM MIT DEN ÄRSCHEN VOR DER NASE RUMWEDELTEN!
UND DANN... PASSIERTE DIE SACHE MIT GUS PHILLIPS... UND DIE TRAGÖDIE NAHM IHREN LAUF...

## ACT II

ICH BIN DEIN SKLAVE DER NUR AUF DIE STUNDEN
UND ZEITEN DEINER LUST ZU HARREN WEISS.
NIE BIN ICH AN KOSTBARE ZEIT GEBUNDEN
NOCH EINEN DIENST WENN NICHT AUF DEIN GEHEISS.

NICHT WAGT MEIN EIFERSÜCHTGER SINN DIE FRAG
WO DU NUN BIST - AN WELCH GESCHÄFT DU EILST
ICH HARRE - EIN BETRÜBTER SKLAV - UND SAG
MIR BLOSS WIE DU BEGLÜCKT WO DU GRAD WEILST.

SOLCH TREUER NARR IST LIEBE: IHR IST RECHT
WAS DU AUCH WÜNSCHST - NIE DENKT SIE SCHLECHT.
Sonett 57
V
S

ALSO BIS MORGEN... IN ALTER FRISCHE!
WER HAT DIE SCHLÜSSEL?
GUS PHILLIPS.

RICHARD BURBAGE! DU WARST HEUTE WIEDER UNBESCHREIBLICH!
OH, DANKE, DANKE...

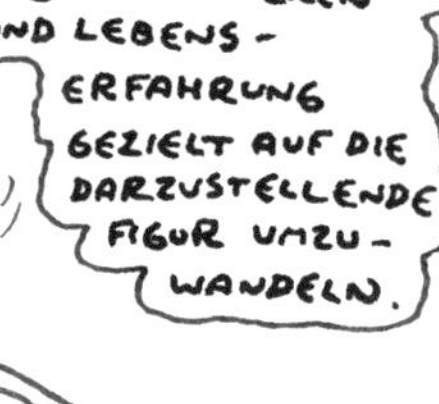
WISST IHR, ICH GLAUBE, GROSSE SCHAUSPIEL-KUNST SETZT EINFACH DIE FÄHIGKEIT VORAUS, DIE JEWEILIGE ROLLE GANZ ZU VERINNERLICHEN DEN CHARAKTER SORGFÄLTIG ZU STUDIEREN UND EINE GEWISSE REIFE UND LEBENS-ERFAHRUNG GEZIELT AUF DIE DARZUSTELLENDE FIGUR UMZU-WANDELN.

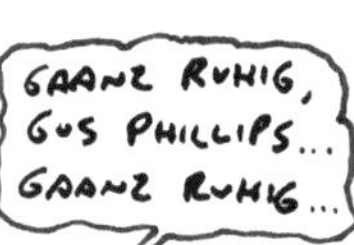
GAANZ RUHIG, GUS PHILLIPS... GAANZ RUHIG...

KNIRSCH

...WENN ICH DEM EINES TAGES ZWISCHEN DIE BEINE TRETE, HAT ER NICHT NUR SEINE ROLLE VERINNERLICHT, SONDERN AUCH SEINE EIER!

DA KOMMT APOTHEKER HOPPEDANCE!

HEY!!
HOPPEDANCE!!
?
HAST DU NOCH VON DEM KRAUT, DAS JOHN PICKBONE NEULICH AUF SEINER PARTY HATTE?! DAS MAN IN DER PFEIFE RAUCHT UND DANN GANZ VIEL KICHERT?!!...
AU JA, DAS WAR KLASSE! MANN, WAR ICH STONED.

?
?!
PSSSTH!! NICHT SO LAUT!!
FOLGT MIR UNAUFFÄLLIG!!
DA HINTER DIE ECKE!

MANN, LEUTE... DROGEN AUS DER NEUEN WELT SIND ILLEGAL!! ALSO SCHREIT NICHT SO LAUT RUM!
OKAY...
ALLES KLAR.
ALSO HAST DU WAS?

CANNABIS-KRAUT HAB ICH NACHBESTELLT, DAS KOMMT MIT DEM NÄCHSTEN SCHIFF AUS INDIEN. HIER HAB ICH DEN SAFT VON EINEM KAKTUS! WENN MAN DEN TRINKT, IST MAN EINE WEILE WIE TOT.
UND WAS SOLL DAS BRINGEN?

WEISS ICH AUCH NOCH NICHT. ICH HABS AUSPROBIERT, UM MEINE FRAU ZU ERSCHRECKEN. WAS HAB ICH HIER NOCH? AAAH! GANZ WAS FEINES! GEHT IHR GERN TANZEN?
TANZEN?!

EINE KAPSEL VON DEM ZEUG HIER UND IHR SEID DREI TAGE UND DREI NÄCHTE AM STÜCK GUT DRAUF! FIT, HELLWACH, DIE WELT IST SCHÖN UND IHR ZAPPELT IN DER DISCO RUM WIE DIE TANZMÄUSE!
WAS IST DAS?

GUARANA! AUS DEM AMAZONAS!
AH.
EIN HÖLLENZEUG!
WIRKT ÄHNLICH WIE KAFFEE!
WAS IST „KAFFEE"?
EIN BITTERES, SCHWARZES GEBRÄU. HABEN DIE TÜRKEN ERFUNDEN. HABT IHR NIE EINEN TÜRKEN GESEHEN, DER KAFFEE GETRUNKEN HAT?!
DIE ZAPPELN DOCH IMMER SO RUM UND SINGEN „ÖZGÜDADA" UND SO'N ZEUG UND DIE FRAUEN ZUCKEN MIT DEM BAUCH...
SO UNGEFÄHR WIRKT GUARANA, NUR NICHT SO PEINLICH! MAN IST NUR HELLWACH UND...
TOM?!
?
?!
...WER IST DAS?!!
MEINE AMME...
WAS WILL DIE DENN?!
THOMAAAAASS!!!
WAS IST LOS?!
THOMAS!!
DEIN VATER SCHICKT NACH DIR!! KOMM EILIG MIT!
ABER WAS...
OHOO... DER LETZTE ZAHN SOLL MIR IM MUND VERFAULEN, WENN ICH ES JETZT SCHON SAG! ABER EINE FREUDE IST'S, DAS KANN ICH SCHON VERRATEN!
??

TRITT NÄHER, MEIN SOHN.

NA GEH SCHON, GEH SCHON!
ÄH ... DARF ICH FRAGEN, WAS...


ICH VERMUTE, ES IST DIR BEKANNT, DASS LONDONS ZWEITGRÖSSTE PFERDESCHLACHTEREI OHNE FESTE FÜHRUNG IST, SEITDEM DER PFERDESCHLÄCHTER HENRY GAULSWALLOW VOR EINIGEN WOCHEN INFOLGE EINES HUFTRITTS PLÖTZLICH UND UNERWARTET VERSTARB!

NUN, HIER IST DIE TOCHTER DES VERSTORBENEN, ANNE GAULSWALLOW.

NUN SAG SCHON GUTEN TAG DEM HÜBSCHEN MÄDCHEN!
HI...

DREI KNABEN !! SO EINE FREUDE! KOMM AN MEIN HERZ, DU GLÜCKSPILZ !!

ÄH ... ABER ... ICH WILL GAR NICHT HEIRATEN !!

... UND WAS WIRD AUS MEINER SCHAUSPIELEREI ?!

DEINE SCHAUSPIELEREI ?! NICHTS WIRD AUS DEINER SCHAUSPIELEREI !! DU MACHST DICH NICHT MEHR AUF DER BÜHNE ZUM AFFEN !!!

DEINE ZUKUNFT IST DIE PFERDE-WURST !!!

ICH LASS EUCH JETZT ALLEIN, IHR TURTELTÄUBCHEN...

TÜR-
KLAPP!

RUMS!

ABER ... DIE SCHLIMMEN SACHEN ERST IN DER HOCHZEITS-NACHT !!!

TÜR-
KLAPP!

ÄHM ... HÖR MAL, ANNE ... ICH WILL VERSUCHEN, DIR ZU ERKLÄREN ...
ALSO, WEISST DU, ICH ...

ES IST SO ... ICH SEHE DURCHAUS, DASS ... ALSO WIE SOLL ICH SAGEN?
DU BIST EIN REIZENDES MÄDCHEN UND ...

BOAH, POOPE! BIST DU BLIND ODER WAS ?!!

?!

PAFF!
BULLETTE ?!
GENAU.
ICH DACHTE, ALS SCHAUSPIELER KENNST DU DICH MIT PERÜCKEN AUS!
ALS KURZGESCHORENE LESBE RUMZULAUFEN IS'N SPIESSRUTENLAUFEN IM LONDON DES ANGEHENDEN 17. JAHRHUNDERTS!
NACHTS IN DEN LESBEN- UND SCHWULENLÄDEN RUMLAUFEN UND PFERDEWURST MIT SENF VERKAUFEN, IST OKAY... ABER TAGSÜBER BIN ICH LIEBER DIE BRAVE ANNE... ES LAUFEN JEDE MENGE SPINNER RUM, UND ZACK ZACK LANDEST DU ALS HEXE IM TOWER UND BIST IN DIE MÖPSE GEKNIFFEN!!
ABER DANN REICHTS AUCH MIT DEM VERSTECKSPIELEN! HEIRATEN KOMMT NICHT IN DIE TÜTE! ICH BRAUCH KEINEN KERL IM LADEN! ICH KANN ALLEINE PFERDE SCHLACHTEN!
KEIN ZWEIFEL.
ALSO KOMM BLOSS NICHT AUF DIE IDEE, DIESER HOCHZEIT ZUZUSTIMMEN!! ICH BIN FROH, DASS ES MEINEN ALTEN ERWISCHT HAT!
KEINE PANIK!! ICH BLEIB AM THEATER!!
ICH HASSE MEINEN VATER!!
ICH HAB MEINEN VATER AUCH GEHASST. ER HAT WIEDER VERSUCHT, MICH IM STALL ZU VERGEWALTIGEN, ALS ER DEN TRITT BEKAM. DER GAUL KRIEGT BIS AN SEIN LEBENSENDE FRISCHES GRAS UND AUSLAUF AUF DEN SCHÖNSTEN WIESEN ENGLANDS!
KANN ICH DIR WAS ANVERTRAUEN?
SCHIESS LOS.
ICH... LIEBE EINEN KERL.
AH? HM. NAJA... DAMIT HABENS SODOMITEN JA HIN UND WIEDER...
JA, ABER... ER IST KEIN ENGLÄNDER. ER KOMMT VON WEIT HER...
ACH DU SCHEISSE. ETWA EIN KATHOLIK?!
NEIN, NEIN! ER HAT ANDERE GÖTTER...
ER SAGT, DA, WO ER HERKOMMT, IST ES IMMER HELL UND WARM UND BUNT... DAS MEER IST TÜRKISBLAU... ES GIBT MEILENWEITE, WEISSE SANDSTRÄNDE UND WÄLDER, DIE HUNDERTMAL GRÖSSER SIND ALS GANZ ENGLAND!
HM.

ER SAGT, DA, WO ER WOHNT, MUSS ER NUR MIT DER HAND INS MEER GREIFEN UND SCHON HAT ER FÜRS ABENDESSEN EINEN RIESENKREBS GEFANGEN. UND RIESIGE NÜSSE WACHSEN AUF PALMEN, DIE SCHLÄGT MAN MIT DEM BEIL AUF... UND IN DER NUSS IST SÜSSES WASSER ZUM TRINKEN.
SEUFZ...
ER SAGT, DIE MENSCHEN DORT SIND EINFACH UND FRÖHLICH UND SCHÖN ANZUSEHEN... SIE FEIERN GERN UND JEDER MACHT DAS, WOZU ER LUST HAT. ES GIBT KEIN WORT FÜR „SODOMIE". ALLE TROMMELN UND TANZEN UND KNUTSCHEN KREUZ UND QUER.
ER WILL, DASS ICH EINES TAGES MIT IHM DORTHIN GEHE...
WO IST DAS? NICHTS WIE HIN!
AFRIKA... DAS IST AUF DER ANDEREN SEITE DER WELT...
PFFH... SCHON GESTORBEN. DIE KÖNNEN MIR NICHT ERZÄHLEN, DASS DIE ERDE 'NE KUGEL SEIN SOLL! KEIN' BOCK, IN SO'M SCHIFF ZU SITZEN UND ZACK GEHTS AB ÜBERN RAND!
ABER ER WEISS AUCH NICHT, WAS „TREUE" IST! ER BUMST IN DER GEGEND RUM UND FINDET DAS IN ORDNUNG, UND DANN BIN ICH EIFERSÜCHTIG, UND DANN WEISS ER NICHT, WAS „EIFERSUCHT" IST! ES GIBT IN SEINER SPRACHE KEINE WÖRTER DAFÜR!!
SCHNÜFF...
HM. ICH NEHME AN, ES GIBT IN SEINER SPRACHE AUCH KEIN WORT FÜR „BEZIEHUNGSUNFÄHIGER RUMFICKER"?
ER IST EIN WUNDERBARER MANN!!
SCHLUCHZ!!!
JA... KLAR...
...WOZU AUCH'N EINFACHEN PARTNER SUCHEN, WENN MAN'N KOMPLIZIERTEN HABEN KANN?
DER... SEX MIT IHM IST WAHNSINN...
ACH SO. DESHALB.

GEOFFREY! GEOFFREY! GEOFFREY! GEOFFREY
GEOFFREY!
SEHT IHR WAS?
GOTT, IST DER SÜSS!
KANN MAN DA NICHT NÄHER RAN?
VERGISS ES.
ER MACHT 'NE ZIEMLICHE SHOW, WAS?!
DIREKT VOR DER BÜHNE STEHEN LAUTER SCHWESTERN UND JUBELN SICH DIE HOSEN NASS!
SO VOLL WAR DER MARKTPLATZ NOCH NIE BEI EINER HINRICHTUNG!
ER IST WIRKLICH DER STAR! GUCK MAL, ER JONGLIERT MIT DEM BEIL!
'N KLASSE BODY HAT ER JA...
DEMNÄCHST NEHMEN SIE DAFÜR EINTRITTS-GELD!
GEOFFREY!! GEOFFREY!!!
?!
AU SCHEISSE!!
?
WAS IST?!
ICH HAB DIE KASSE IM THEATER NICHT LEERGEMACHT.
STÖHN...
GUS PHILLIPS, DU BIST EINE SCHLAMPE!
BIN GLEICH WIEDER DA!

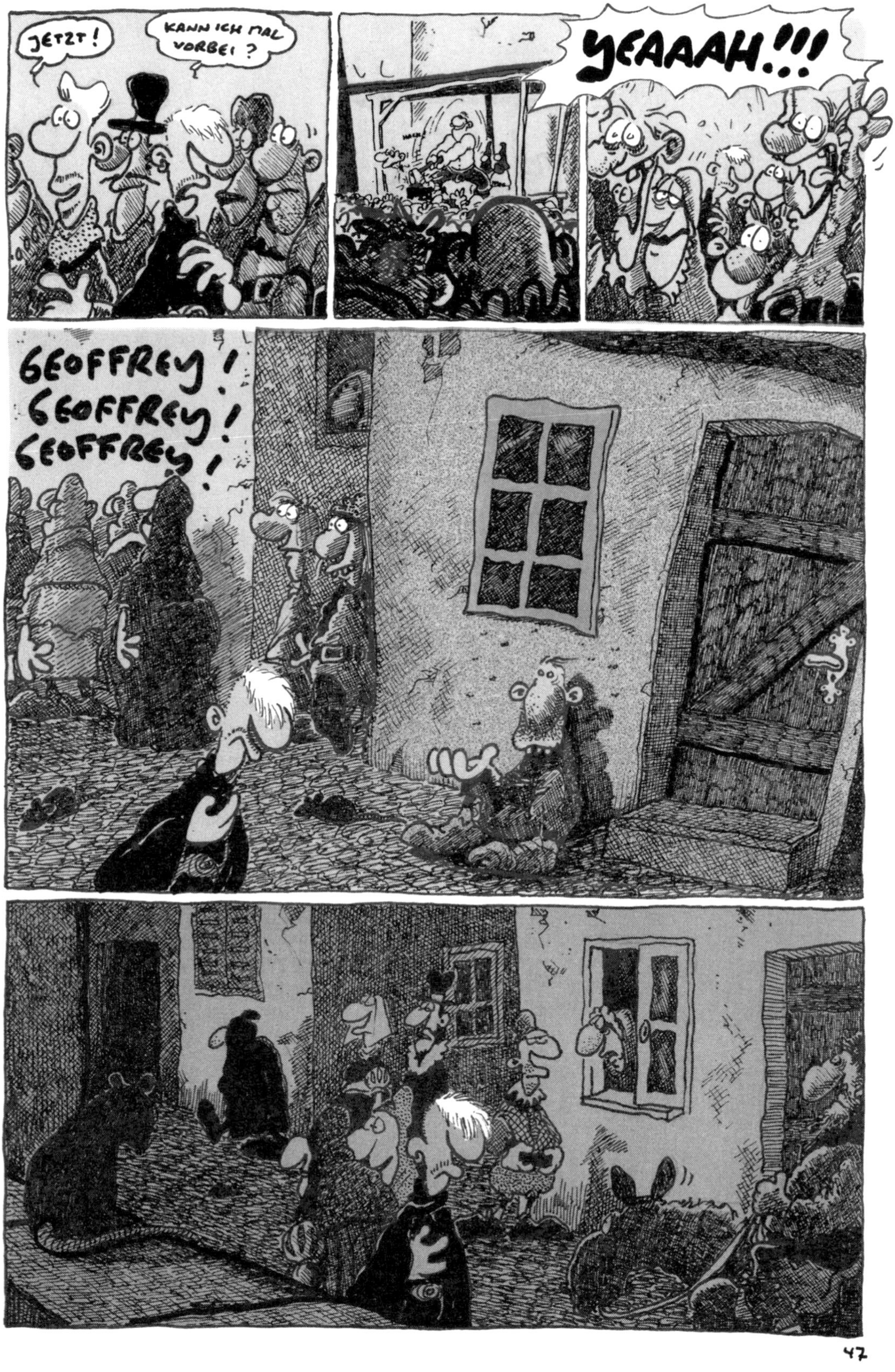

GEOFFREY! GEOFFREY! GEOFFREY!

CLAC
CLAC

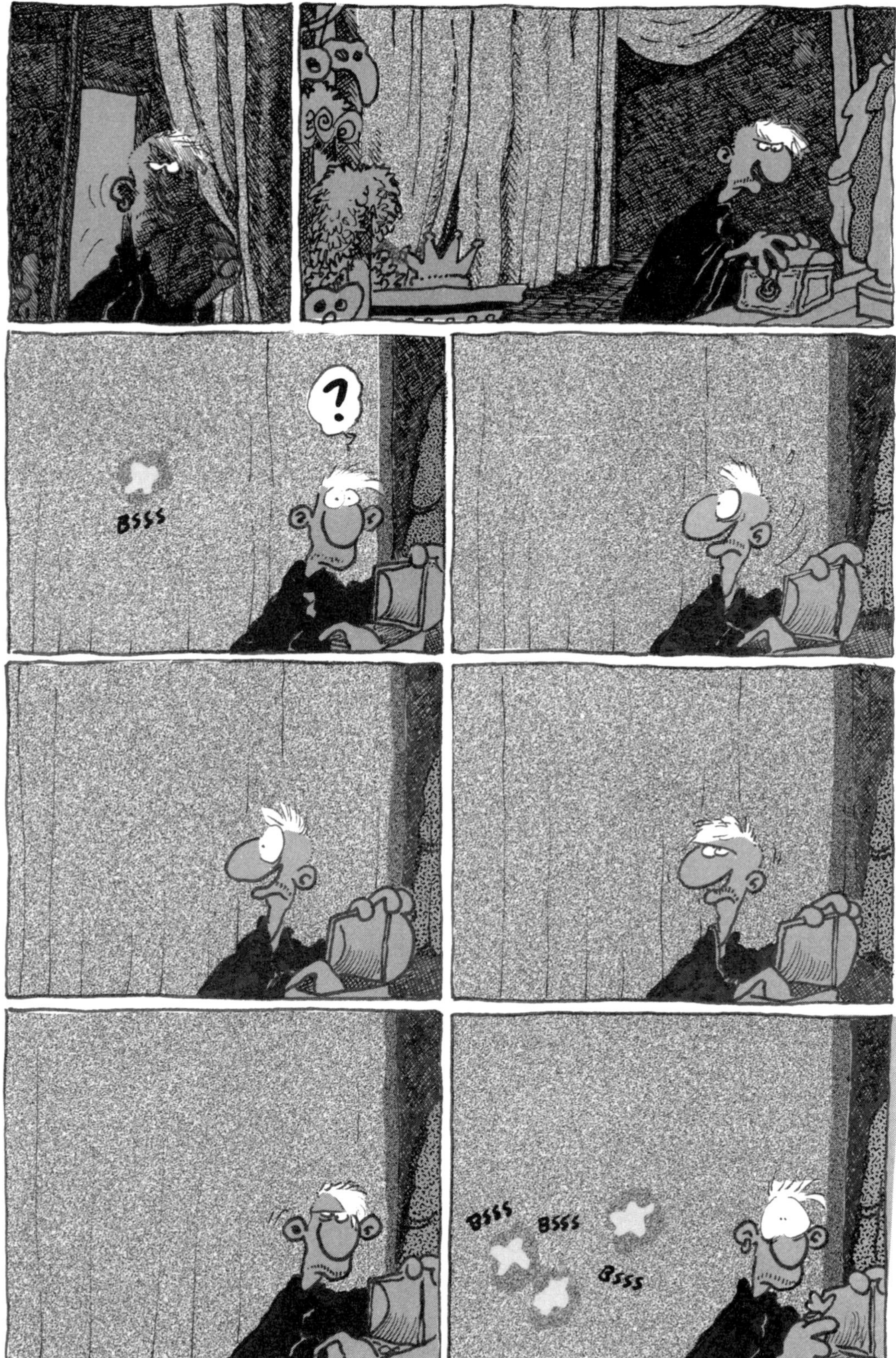
?
BSSS
BSSS
BSSS
BSSS

??!

Leichenfrass...Das Fleisch ist gar...Gus Phillips wird zum Bühnenstar

William Shakespeares Jammerspiel... Leidenschaft und Hassgefühl
Schwarze fette Negergurke
JAGO ist der finstre Schurke
Merk den Namen JAGO dir - Das Casting steht schon vor der Tür

Jubel Beifall und Applaus - Gus Phillips kommt ganz hoch hinaus !
Selbst der KÖNIG wird dich loben...
Am Ende bist du ganz hoch oben!!!

Willst mehr du von der Zukunft wissen oder solln wir uns verpissen ?
!

NEIN...
RÄUSPER...
ERZÄHLT MEHR!

Rythmus ! Hitze ! Negertanz !
Voodootrommeln !
Schwarzer Schwanz !

Dickes hartes Fleisches-stück
Deines Lebens bester Fick !
Schweissesnasse brünstge Lust an schwarzbehaarter Männerbrust

Geh heut Nacht im Hafen cruisen, dann wird er morgen mit dir schmusen !
Leichenfrass...das Fleisch ist gar...

Wisst ihr noch, wer Gus Phillips war ?

BSSS
BSSS
BSSS
„NEGERTANZ"?
FAGGOTS AGLOW
UND JEDE VON IHNEN HATTE DREI TITTEN ?!
...SAG ICH DOCH !

...UND BEI DER EINEN BEWEGTEN SIE SICH WIE DIE SCHLANGEN VOM HAUPT DER MEDUSA!
HM.
HM.
HI!
...IST TOM AUCH HIER?

TOM?! IST TOM HIER?! SIEHST DU IHN HIER AM TISCH?! NEIN! ALSO IST ER WOHL NICHT HIER, ODER?!!

TOM POOPE IST NACH DER VORSTELLUNG DIREKT VON SEINER AMME ABGEHOLT WORDEN.
AH.

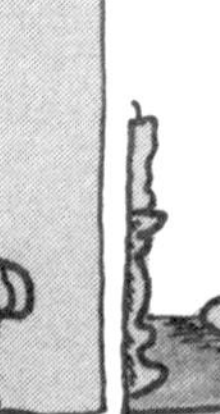
...DER ARME SAM SANDWICH... ER IST IMMER NOCH IN TOM POOPE VERKNALLT, SCHEINT MIR...
WIESO HAT DAS EIGENTLICH NICHT GEKLAPPT MIT DEN BEIDEN? SAM SANDWICH MÜSSTE DOCH VOLL TOMS NUMMER SEIN... DER IST DOCH BEHAART WIE SO'N TIER!
ACH JA?
NA UND OB! ICH HAB IHN IM SOMMER AN DER THEMSE NACKT GESEHEN... WENN DER 'NE FILZLAUS HAT, GLAUBT DIE, SIE WÄR IM UNENDLICHEN UNIVERSUM!

OH. PASS AUF, WAS DU SAGST. WEGEN DIESER THESE IST VOR KURZEM NOCH IN ROM EINER VON DER INQUISITION VERBRANNT WORDEN!
WELCHE THESE? DASS SAM SANDWICH BEHAART IST?
NEIN, DASS DAS UNIVERSUM UNENDLICH IST! DAS IST KETZEREI! DESHALB HABEN DIE IN ROM SO'N PHILOSOPHISCHEN MÖNCH ABGEFACKELT.

IN LETZTER ZEIT ERFINDEN DIE DOCH DAUERND WAS NEUES. NEUERDINGS DREHT SICH JA NICHT MAL MEHR DIE SONNE UM DIE ERDE!
ACH NEIN?
NEIN. DIE ERDE SOLL SICH NUN PLÖTZLICH UM DIE SONNE DREHEN.
ÄH... HAT MIR JEMAND ZUGEHÖRT?
...UND UM SICH SELBST AUCH NOCH! DIE TICKEN DOCH NICHT RICHTIG! WENN DIE ERDE EINE SICH DREHENDE SCHEIBE WÄR, WÜRDEN WIR ALLE DEN GANZEN TAG NUR ÜBER DEN RAND KOTZEN!
ABER DIE ERDE SOLL DOCH EINE KUGEL SEIN...
ALSO, BEI DER THESE HÖRTS BEI MIR AUF!
HE! HÖRT MIR JEMAND ZU?!! MIR SIND GRAD IM THEATER DREI HEXEN ERSCHIENEN!!!
??!
BOP
BOP
NICHT SO LAUT!! WILLST DU AUCH AUF DEN SCHEITERHAUFEN?!
KEIN SCHWEIN WILL DAS WISSEN MIT DEINEN HEXEN!
DU HAST SICHER IM DUNKELN NUR EIN PAAR MASKEN UND KOSTÜME GESEHEN UND...
SIE HABEN MIR DIE ZUKUNFT GESAGT!! ICH WERDE EIN BERÜHMTER BÜHNEN-STAR!!
ICH WERDE... PROMINENT!!!
ICH GLAUBE EHER, DU HAST DIR IRGENDEIN KRAUT VON HOPPEDANCE EINGEPFIFFEN!?
WAS IST DAS? DIESES GUARANA?!
ICH WERDE EINEN SCHUFT NAMENS JAGO SPIELEN UND DAMIT BERÜHMT WERDEN UND SELBST DER KÖNIG WIRD MICH LOBEN!!

WAS FÜR'N KÖNIG ?!
NOCH HABEN WIR EINE KÖNIGIN, MEIN LIEBER...
DAS KANN SICH ÄNDERN!

KÖNIGIN ELISABETH IST TOT !!!

KÖNIG JAKOB VON SCHOTTLAND IST BEREITS AUF DEM WEG NACH LONDON !!!

??!
NUN DENN...
AUF DIE ZUKUNFT!
PROST!

...ER IST MILITANTER FEIND DES TABAKS, TRUNKSÜCHTIG, GRÖSSENWAHNSINNIG UND NEIGT ZUR SODOMIE!
AUCH DAS NOCH!
EINE SCHOTTISCHE SCHWUCHTEL AUF ENGLANDS THRON! DAS KANN WAS WERDEN!
DIE KÖNIGIN IST TOT!
SCHNÜFF...

DIE KÖNIGIN IST TOT!
DIE KÖNIGIN IST TOT!
ICH WEISS. SIE BRÜLLEN'S AUF DER STRASSE...
DIE KÖNIGIN IST TOT!!!

SIE WAR EINE GUTE KÖNIGIN! MEINER TREU, DAS WAR EIN DING, ALS SIE DIE GESAMTE SPANISCHE ARMADA IN DIE PFANNE GEHAUEN HAT! DARAN KANNST DU DICH NICHT ERINNERN, DA WARST DU NOCH ZU KLEIN...
ICH STELL DIR TEE UND BROT HIERHER!
ICH HABE KEINEN HUNGER.
THOMAS POOPE! DU SOLLTEST ESSEN! SO SCHLIMM WIRDS NICHT SEIN, DASS DU DIESES WOCHENENDE IM ZIMMER BLEIBEN MUSST!
KNIRSCH...
UND DEIN VATER HAT ZUDEM RECHT! DASS DU DAS MÄDCHEN NICHT HEIRATEN WILLST, IST EINE RIESENGROSSE DUMMHEIT, BEI DEM BECKEN!
DU BIST ALT GENUG, ERWACHSEN ZU WERDEN, THOMAS POOPE! DU BIST LÄNGST GESCHLECHTSREIF, DAS SEH ICH JEDEN MORGEN AN DEN FLECKEN AUF DEN LAKEN! MIR MACHST DU NICHTS VOR!
BALD IST VOLLMOND.
WAS?!
BEI VOLLMOND WIRD DAS BLUT HEISS...
JEDER DIESER FLECKEN KÖNNTE EIN KLEINER POOPE SEIN! DENK NUR, WIE GLÜCKLICH DEIN VATER WÄRE!
...UND GEISTER IM WALD FEIERN GEILE FESTE.
WAS MURMELST DU DA?!
JEDEN MONAT IST VOLLMOND!! NA UND? WAS FÜR GEISTER?!
SCHON GUT... DAS HAT MIR JEMAND ERZÄHLT...

## ACT III

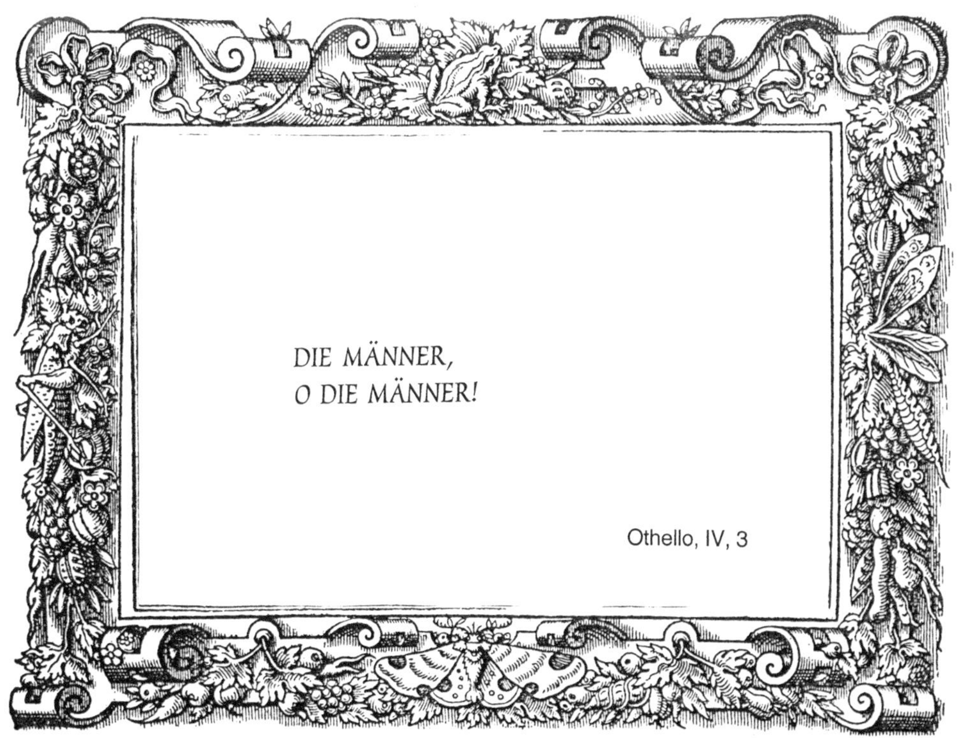
DIE MÄNNER,
O DIE MÄNNER!
Othello, IV, 3

HEY!!!

HEY!!
SSSSTH!!

?!

NA?! WOLLT IHR MAL ANFASSEN?
...DANKE BESTENS!

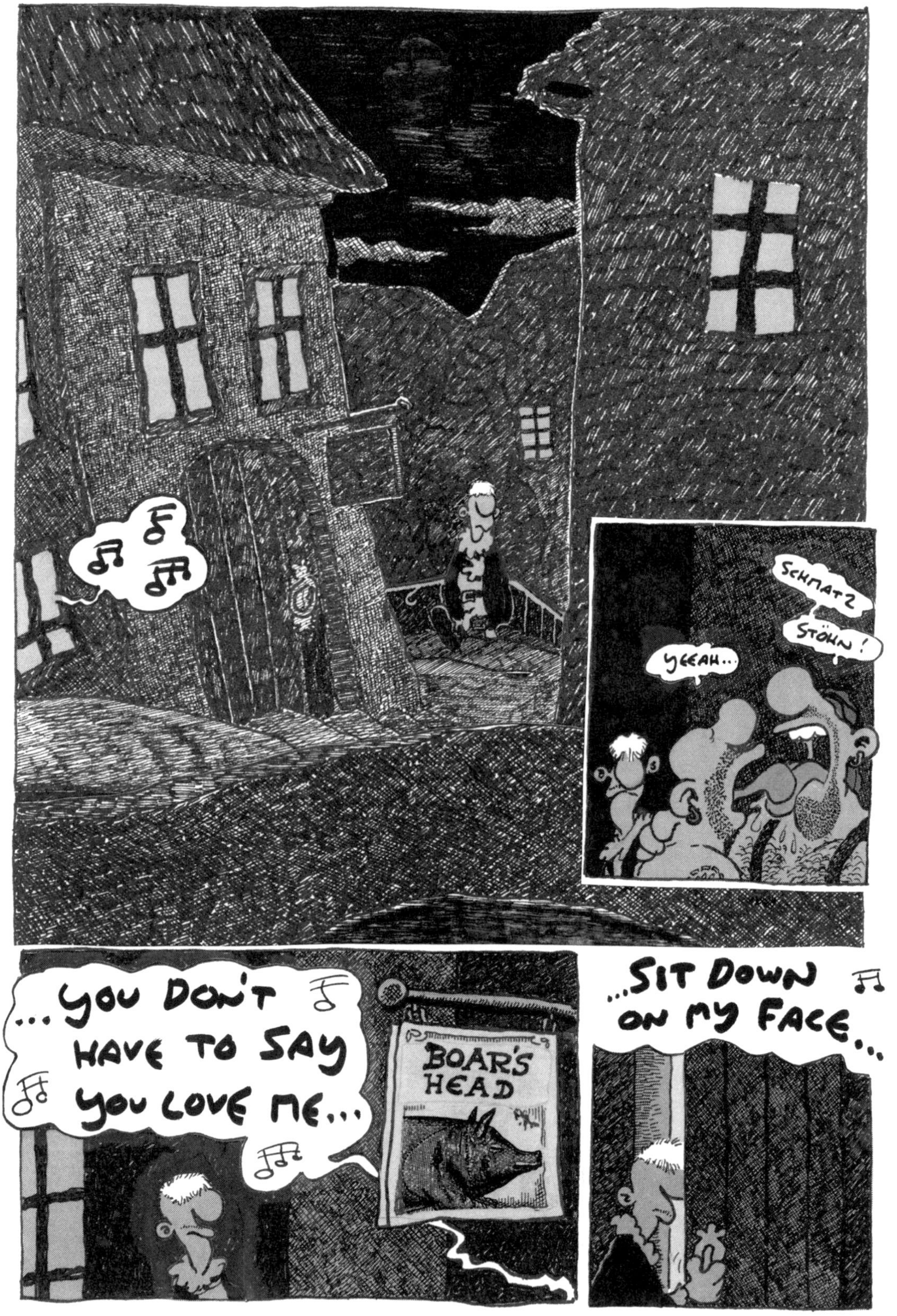

SCHMATZ
STÖHN!
YEEAH...

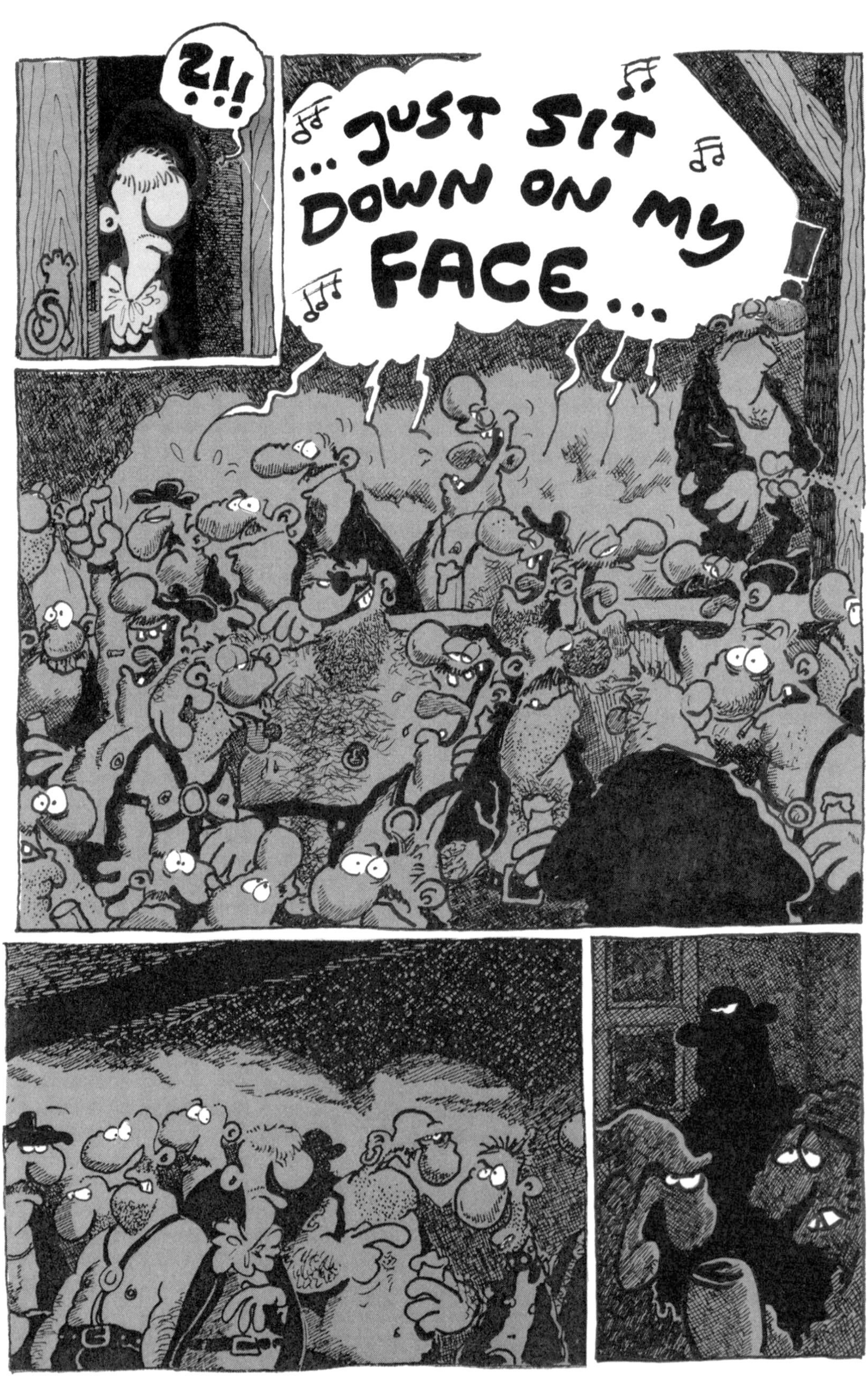

?!!

...JUST SIT DOWN ON MY FACE...

BÖRGS
HE, WIRT!
EINEN ALFONSO!
HÄ ?!

„HÄ?!"
ALFONSO! DAS IST EIN COCKTAIL!
MAN NIMMT EIN STÜCK WÜRFELZUCKER, TRÄNKT ES MIT ANGOSTURA, ÜBERGIESST ES MIT 4 cl DUBONNET UND FÜLLT ES MIT GESTOSSENEM EIS UND CHAMPAGNER AUF. NOCH ETWAS ZITRONEN- UND ORANGENSAFT...
ABER ICH SEH SCHON... SEUFZ... NUN GUT, ICH NEHME EINEN EIERLIKÖR. HABT IHR EIERLIKÖR?
ABER WENN'S GEHT IN EINEM SAUBEREN GLAS! ICH KRIEG HIER SOWIESO SCHON HERPES!
... „GEGERBTES WILDSCHWEIN-LEDER"! DASS SODOMIE SO TIEF SINKEN KANN!
UND?
DAS GLAS IST LEER!
NCHRR...

?
NCHR NCHRCHR...

CHRRRR...
...RRRR...

RRRRCH...

??!
FLUFF
BATSCH

HI HI HI...

NUN, ICH... WOLLTE SOWIESO GERADE GEHEN. ICH VERMUTE, DER DRINK GEHT AUF KOSTEN DES HAUSES ?!

??!

EY! WIR STEHN HIER NICH' AUF PARFÜMIERTE TUNTEN!
AH ?!

?!
SCHNIFF, SCHNÜFFEL

TJA... ÄH... IM EIGENTLICHEN SINNE IST DAS KEIN PARFÜM, SONDERN EAU DE TOILETTE. „CLEOPATRA" VON GALVIN KLYNE.
FÜR DEN HERRN.

HÖ HÖ... SO WIE DER DUFTET, HAT ER BESTIMMT NICHT MAL SACKRATTEN!!
HÖ HÖ HÖ!

HÖ HÖ HÖ !! HÖ HÖ HÖ!
HÖ HÖ!

PHTHIRUS PUBIS?

HÄ ?!
ICH NEHME AN, MIT „SACK-RATTEN" SIND FILZLÄUSE GEMEINT. PHTHIRUS PUBIS AUF LATEINISCH!

ICH HABE TATSÄCHLICH KEINE FILZLÄUSE! NEBEN DEM REIN ÄSTHETISCHEN ASPEKT IST DAS DER ZUSÄTZLICH HYGIENISCHE EFFEKT DER KÖRPERRASUR!
JEDER ZIVILISIERTE MANN DES ANBRECHENDEN 17. JAHRHUNDERTS SOLLTE AUCH VON DIESEM GESICHTSPUNKT AUS DER KÖRPERBEHAARUNG ABSCHWÖREN, AUF DASS DER MENSCH SICH VOM AFFEN UNTERSCHEIDE!
...ODER VOM WILDSCHWEIN!
UND GERADE WIR SODOMITEN SOLLTEN
STAMPF!!
...DEM HETEROSEXUELLEN WÜSTLING EIN VORBILD SEIN, DENN NEUE MÄNNER BRAUCHT DAS LAND, UND ZWAR INTELLIGENTE, ZÄRTLICHE, GEFÜHLVOLLE, GEPFLEGTE, SAUBERE, SENSIBLE ...
WILLST DU MAL SACKRATTEN SEHEN, TUNTE?!
WILLST DU, HÄ?!
LOS, BULLCALF! ZEIG IHM DEINEN PRÜGEL!
UNSER SCHÖNLING MÖCHTE EIN BISSCHEN SPASS HABEN!
NA, WIE GEFÄLLT ER DIR, TUNTE?! GEH RUHIG NÄHER DRAN, DU-
RÖCHEL...
GASBADSCHO.

GORGON-ZOLA!

DAS IST GRONZO GRANATO!
WER?!
EIN AFRIKANER!

DIESE GEILE SAU!
DER FICKT ALLES, WAS BLOND IST!
...UND DIE TUNTE DA IST BLOND!
DER HAT CHARLES GRINDSTONE BEWUSSTLOS GEFICKT! WIRKLICH BEWUSSTLOS!!
'N SCHWANZ WIE'NE PFERDEWURST!

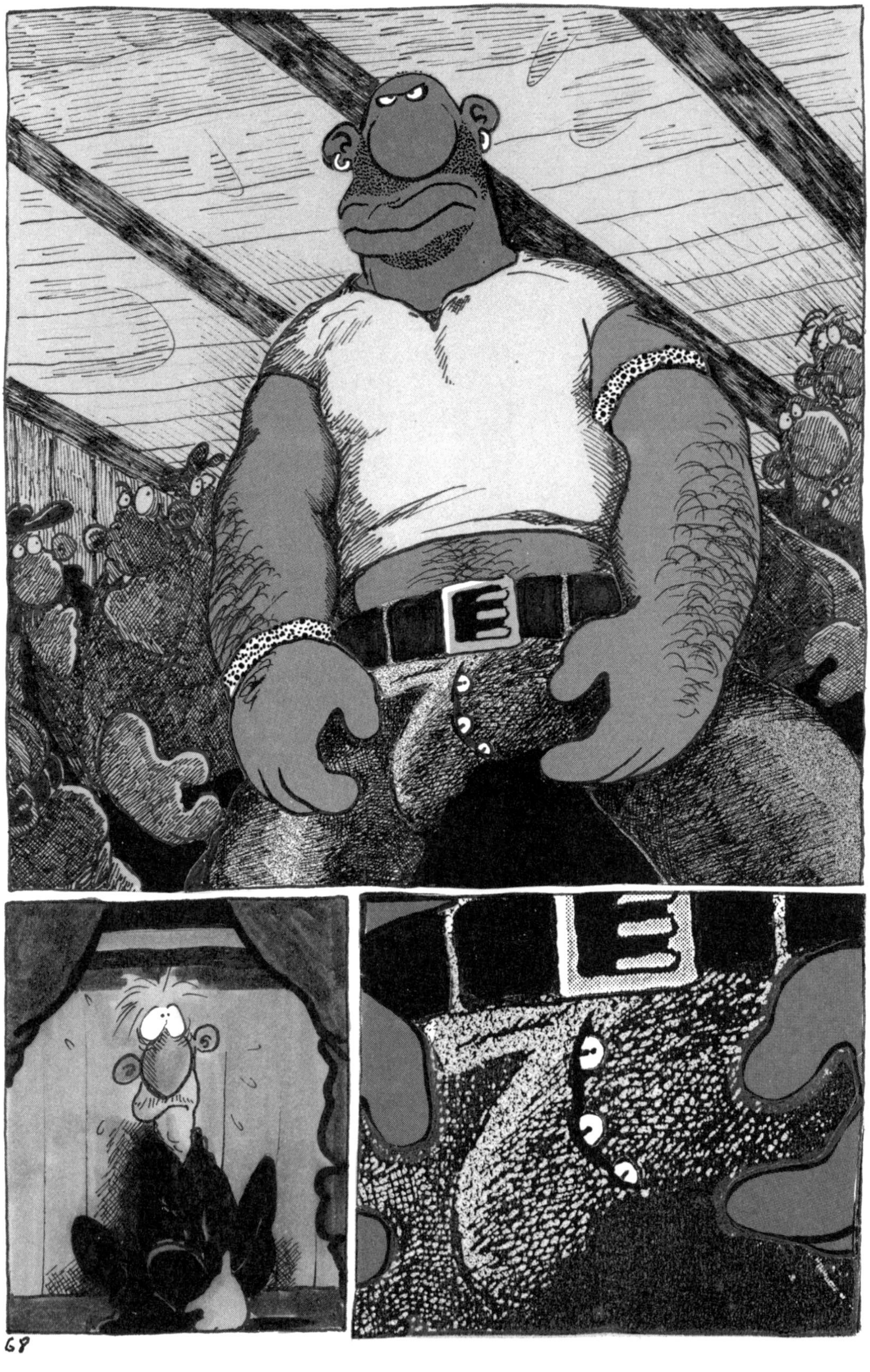

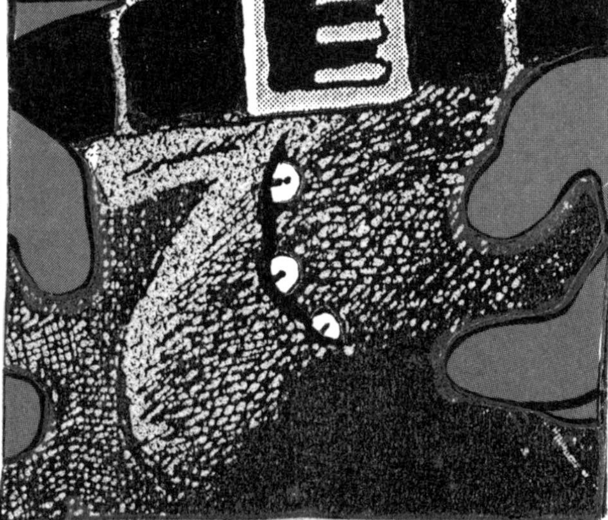

BOTSCHA BOMPO!
ÄH... WIE BITTE?!

??
SCHLEIF...

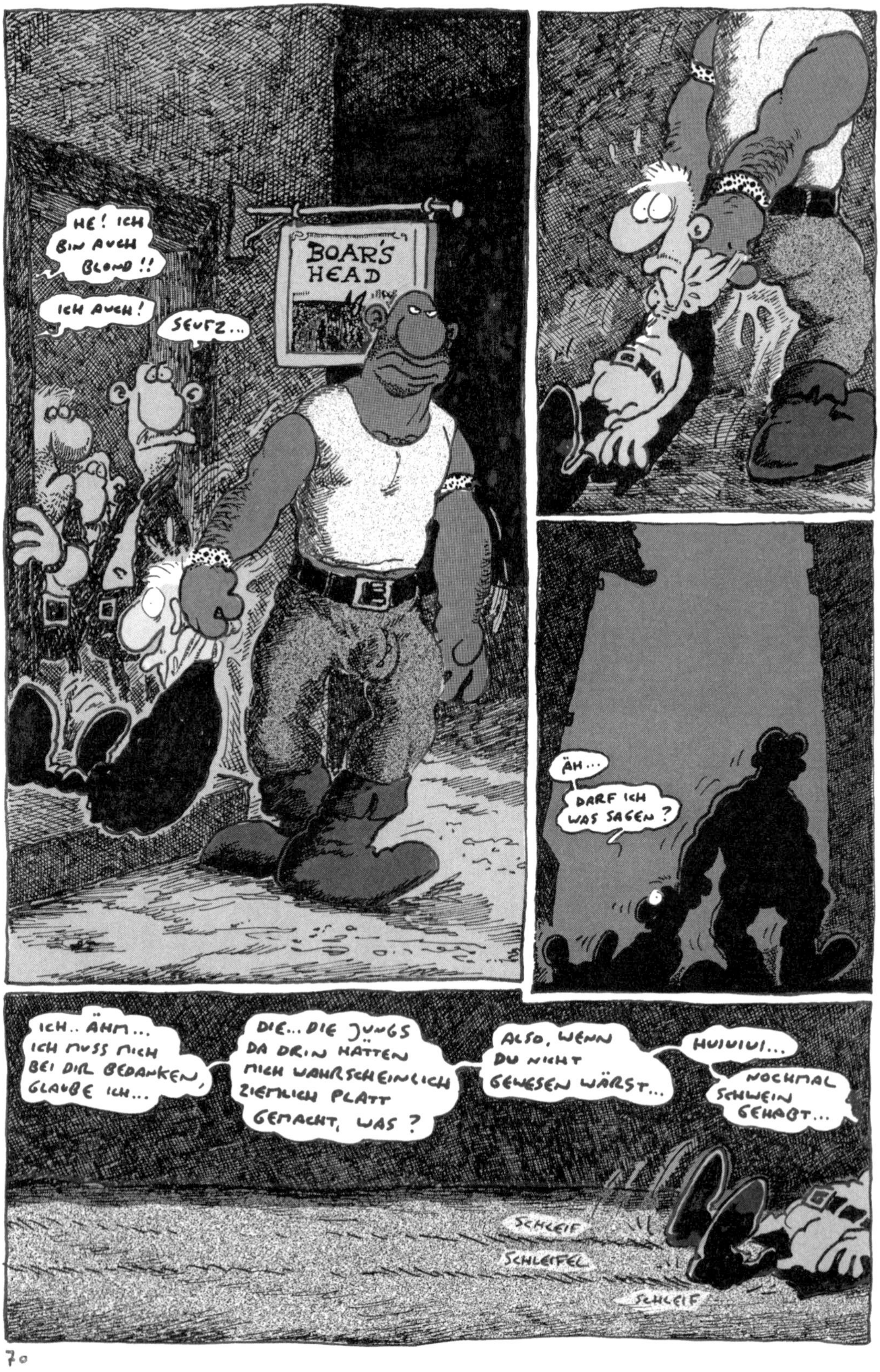

BOAR'S HEAD

HE! ICH BIN AUCH BLOND!!

ICH AUCH!

SEUFZ...

ÄHM... VIELLEICHT SAGST DU MIR, WER DU EIGENTLICH BIST ?!
ALSO ICH HEISSE GUS PHILLIPS!
WAS... WAS HAST DU EIGENTLICH VOR ?!

DU SPRICHST NICHT VIEL, WAS ?!
NAJA... WIR MÜSSEN UNS JA NICHT UNTERHALTEN.
IST ES NOCH WEIT? ICH MEINE...

DIESER UMHANG IST VON GIORGIO BANANI!
VIELLEICHT KÖNNTEST DU MICH ETWAS BEHUTSAMER HINTER DIR HERSCHLEIFEN ?!

...UND JETZT ?!

...WAS...WAS HAST DU VOR ?! WILLST DU MICH AUF EIN SCHIFF VERSCHLEPPEN ?!
ICH WERDE SEEKRANK!
ICH WÜRDE DA NUR KOTZEN!

ODER WILLST DU MICH AUSRAUBEN UND TÖTEN ?!
ICH HABE NICHTS! ICH BIN EIN ARMER MANN!
OKAY... ICH RIECHE GUT UND TRAGE TEURE DESIGNER-MODE...

...ABER DAS IST NUR SCHEIN! AUF MEINEM KONTO IST EBBE! ICH ERNÄHRE MICH NUR VON FISH 'N CHIPS!
ICH BIN SCHAUSPIELER! DAS IST DAS LETZTE HEUTZUTAGE!
WEISST DU, WAS DAS IST, EIN SCHAUSPIELER ?!

SCHLUCK
GUT, ICH... GEBE DIE TODESANGST DES CLAUDIO IN SHAKESPEARES „MASS FÜR MASS".
ÄHEM!
RÄUSPER...
... STERBEN!!!
...ZU GEHN! WER WEISS, WOHIN!!
DALIEGEN... KALT! UND REGUNGSLOS...
...UND FAULEN!
DIES LEBENSWARME, FÜHLENDE BEWEGEN WIRD ZUM... KADAVER!!
...UND DER LICHTE GEIST... GETAUCHT IN FEUERFLUTEN!!
...ODER SCHAUDERND UMSTARRT VON WÜSTEN EWIGER EISESMASSEN!
GEKERKERT SEIN IN UNSICHTBARE STÜRME... UND MIT RASTLOSER WUT GEJAGT RUND UM DIE SCHWEBENDE ERDE!!!

... ODER ... SCHLIMMRES WERDEN ALS SELBST DAS SCHLIMMSTE, WAS PHANTASIE UND FURCHTBARSTE ANGSTGEDANKEN HEULEND ERFINDEN!
DAS IST ZU ENTSETZLICH!!!

...SCHAUSPIELER!
SEUFZ...
VERSTEHST DU ÜBERHAUPT EIN WORT VON DEM, WAS ICH HIER QUATSCHE?!

ÄHM... WOHNST DU HIER ETWA? ICH MEINE...
...DAS IST DOCH EINE VERLASSENE LAGER-HALLE, ODER?
IST DAS NICHT -

?!!?

RÖCHEL...
WAS IST DAS ?!!
OH MEIN GOTT!!!

OOUH BITTE!!! ICH WEISS NICHT, WER DU BIST UND WAS DU WILLST, ABER LASS MICH LEBEN!!!
ICH SCHWÖRE, ICH GEHE AUCH NIE WIEDER IN DIESE KNEIPE, WEIL ICH EINE TUNTE BIN!! ICH BIN DA JA AUCH NUR HIN-GEGANGEN, WEIL MAN MIR GESAGT HAT, DASS ICH DA HEUTE NACHT JEMANDEN KENNENLERNE, MIT DEM ICH DEN SEX MEINES LEBENS-

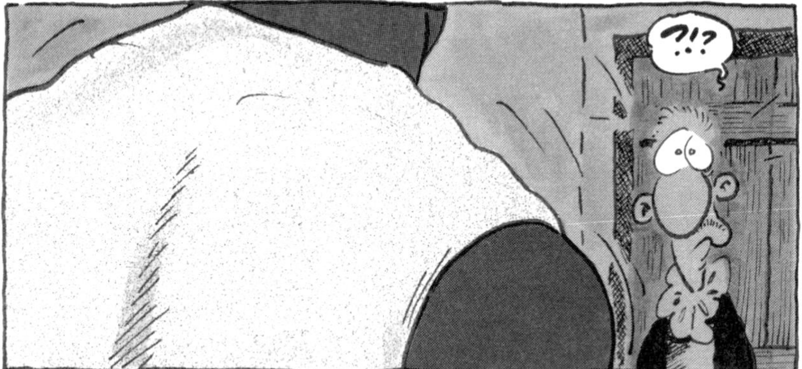
?!?

...O MEIN GOTT...

SCHLUCK

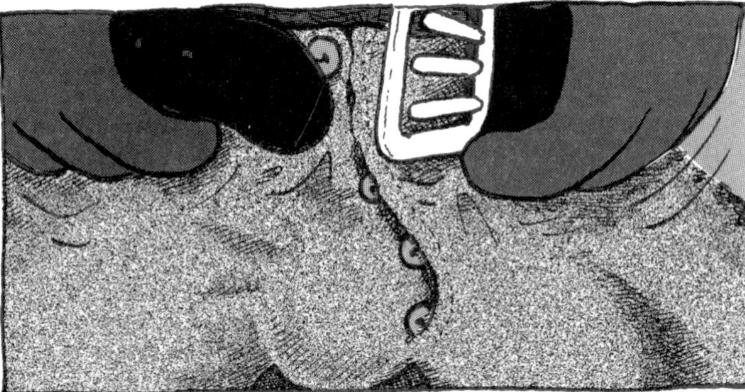

BORTSCH.

ÄHM...
WAS... WAS IMMER DAS HEISSEN MAG, ICH MÖCHT' EIGENTLICH NICHT...

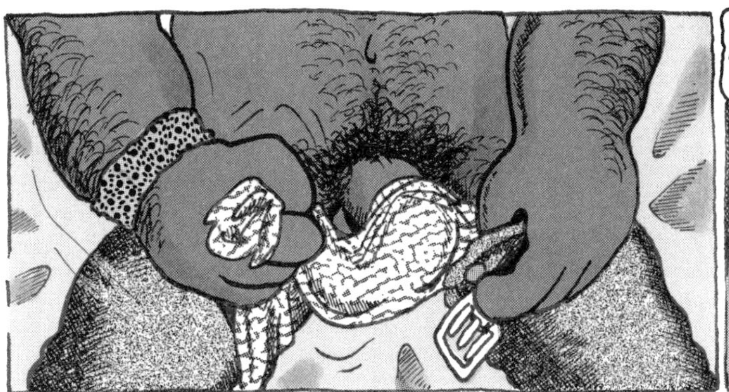

...ICH... ICH MEINE ... ICH WEISS GAR NICHT, WAS ICH EIGENTLICH MÖCHTE, ICH...
?!!
KRÄCHZ...

BORTSCH.

DIE... GANZE MENSCHLICHE SEXUALITÄT BESTEHT AUS RÄTSELN UND MYSTERIEN...

...DIE'S NOCH ZU
LEBZEIT ZU
ERFORSCHEN
GILT!

YEAH...
BORTSCH!

BORTSCH
BOMPA!!
HMMPFF...
SCHMATZ
SCHMATZ..

# ACT IV

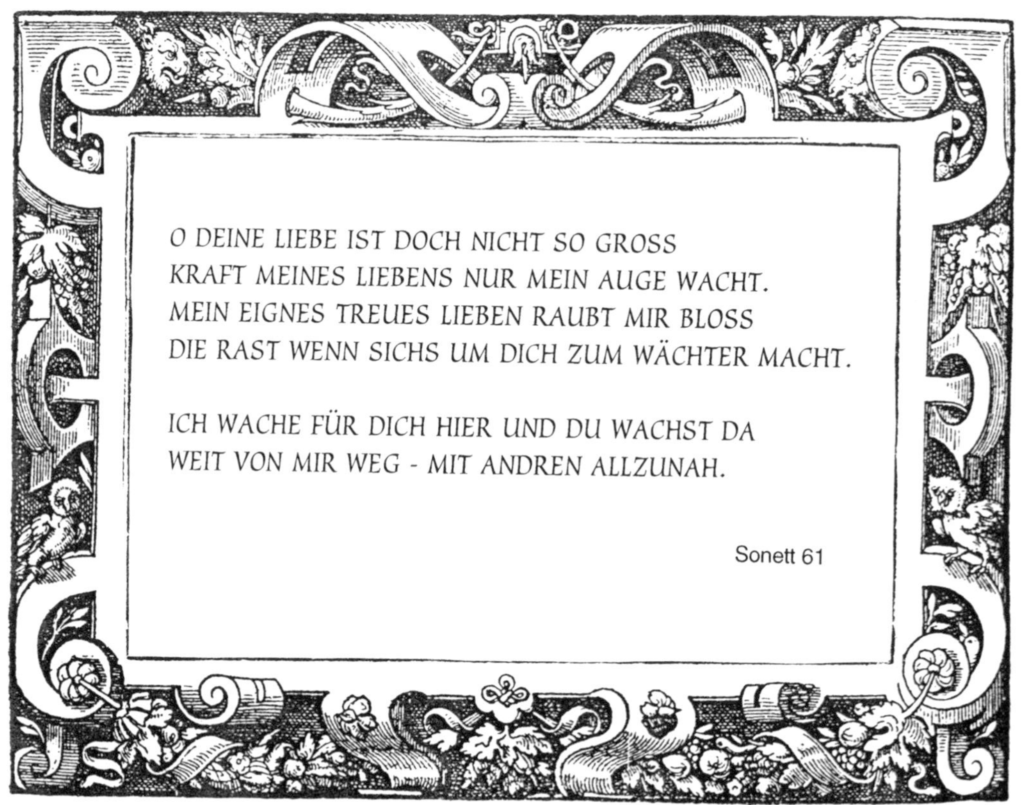

O DEINE LIEBE IST DOCH NICHT SO GROSS
KRAFT MEINES LIEBENS NUR MEIN AUGE WACHT.
MEIN EIGNES TREUES LIEBEN RAUBT MIR BLOSS
DIE RAST WENN SICHS UM DICH ZUM WÄCHTER MACHT.

ICH WACHE FÜR DICH HIER UND DU WACHST DA
WEIT VON MIR WEG - MIT ANDREN ALLZUNAH.

Sonett 61

...EIN MOHR ?!!
ER IST... EIN HAFENARBEITER! WAS ERWARTET IHR ?! DRECKIG, BEHAART, SCHWARZ!
...ROCH ETWAS STRENG.
...BEHAART ?!!
STÖHN...
DU HATTEST SEX MIT EINEM BEHAARTEN MOHREN ?!
GENAU.
DU VERARSCHST UNS!
ÜBERALL SCHWARZE HAARE, AUF DEN TITTEN UND DEN GANZEN BAUCH RUNTER!!
...WENN ICH SHAKESPEARE WÄRE... ICH WÜRDE BIBELDICKE BÜCHER SCHREIBEN MIT SONETTEN, ALLEIN ÜBER DIE EROTIK BEHAARTER UNTERARME!!!
SEUFZ...
ICH SAGE EUCH, MÄDELS... LASST EUCH HAARE WACHSEN! BEHAARTE MÄNNER SIND BALD VOLL IM TREND!!

...ES GIBT TRENDS, DIE LASS ICH GEPFLEGT AN MIR VORBEI-RAUSCHEN!
OKAY... ER IST EIN MOHR UND ER IST BEHAART... ABER ICH HATTE HEUTE NACHT SEX, VERSTEHT IHR ?!!
MANN... SO EINE GEILE SAU!! ER HAT MICH GEPACKT UND... MIR DEN WAMS VOM LEIB GERISSEN UND...
...ER HAT WUNDERSCHÖNE GROSSE DUNKLE NIPPEL, DA MÖCHTE MAN DIE GANZE NACHT WIE EIN BABY NUCKELN...
ABER KUSCHELSEX IST NICHT SEIN GESCHÄFT! WOW! ER HAT MICH AUF DIE KARTOFFELSÄCKE GESCHMISSEN UND... ES WAR HART! BRUTAL! SCHMUTZIG! SABBERGEIL!!
...GENAU WIE ES MIR DIE DREI HEXEN ÜBRIGENS PROPHEZEIT HABEN.
SIE HABEN DIR DEN NEGER PROPHEZEIT ?!!
GENAU!! DIE QUEEN IST TOT, ICH HAB MIT DEM SCHWARZEN GEVÖGELT... BISHER IST ALLES WAHR GEWORDEN!! JETZT MUSS ICH NUR NOCH BERÜHMT WERDEN!!!
ÄHEM... SEIN ODER NICHT SEIN...
ICH SAGE NUR: JAGO!
...DAS IST DIE FRAGE – OB'S IM GEISTE EDLER IST...
...DIE GESCHOSSE UND PFEILE DES WÜTENDEN GESCHICKES ZU ERDUDELN.. ÄH... SEIN ODER NICHT SEIN...
KNIRSCH...
...UND... STIMMT ES, WAS MAN SICH ÜBER NEGER ERZÄHLT, ICH MEINE...

UNGEFÄHR SO.
NAJA... IST DOCH NOCH RELATIV NORMAL, ODER?
NICHT SO LANG! SO DICK!!!
O MEIN GOTT!
LANG WAR ER UNGEFÄHR SO! ES HAT MICH ZERFETZT! ICH KANN KAUM LAUFEN, KAUM SITZEN... UND SCHEISSEN IST DIE HÖLLE!!
DA MACHT DIR APOTHEKER HOPPEDANCE 'NE GUTE SALBE, DIE...
SEIN ODER NICHT SEIN... DAS IST DIE FRAGE...
...DIE GESCHOSSE UND PFEILE DES WÜTENDEN GESCHICKES ZU ERDUDELN–
HRGH!
...ERDULDEN!
...DES WÜTENDEN GESCHICKES ZU ERDULDEN!!
...SEIN ODER NICHT SEIN!
ÄH...
WIESO PROBT DIESER IDIOT IMMER NOCH DEN HAMLET?! WIR SPIELEN DAS SEIT ZWEI JAHREN!!!
UND WIE GING'S WEITER?!
...WIE'S WEITER GING?!
OH!
NACH DIESEM WUNDERBAREN SEX ERWACHTE DIE LEIDENSCHAFT!!
ES WAR SO ROMANTISCH!!
ERZÄHL SCHON!!
ZUERST WOLLTE ER SEINE GEFÜHLE NICHT WAHRHABEN UND MICH RAUSSCHMEISSEN!
IST DAS NICHT SÜSS?!
...ER IST EBEN EIN RICHTIGER MANN! SEUFZ...
PEENA COLADA!!
HECHEL
HECHEL
HECHEL
WAS?!

ICH... KAPIERTE ERST GAR NICHT, WAS ER MEINTE... ABER DANN...
ICH SOLL... MICH VERPISSEN?!
ABER...
WIE...
WAS...
WIE SOLL ICH UM DIESE ZEIT NACH HAUSE?! ICH MUSS AUF DIE ANDERE SEITE, ES GIBT KEINE FÄHRE MEHR!
N'MOMBASSA!
ABER... ES IST NACHT!! ICH WEISS NICHT, WO ICH BIN UND WO ICH BLEIBEN SOLL!!
UND ES WIMMELT HIER VON DIEBEN UND MÖRDERN!!!
LASS MICH BLEIBEN! NUR EIN PAAR STUNDEN, BIS ES TAG WIRD!
BITTE!

CHRRR...

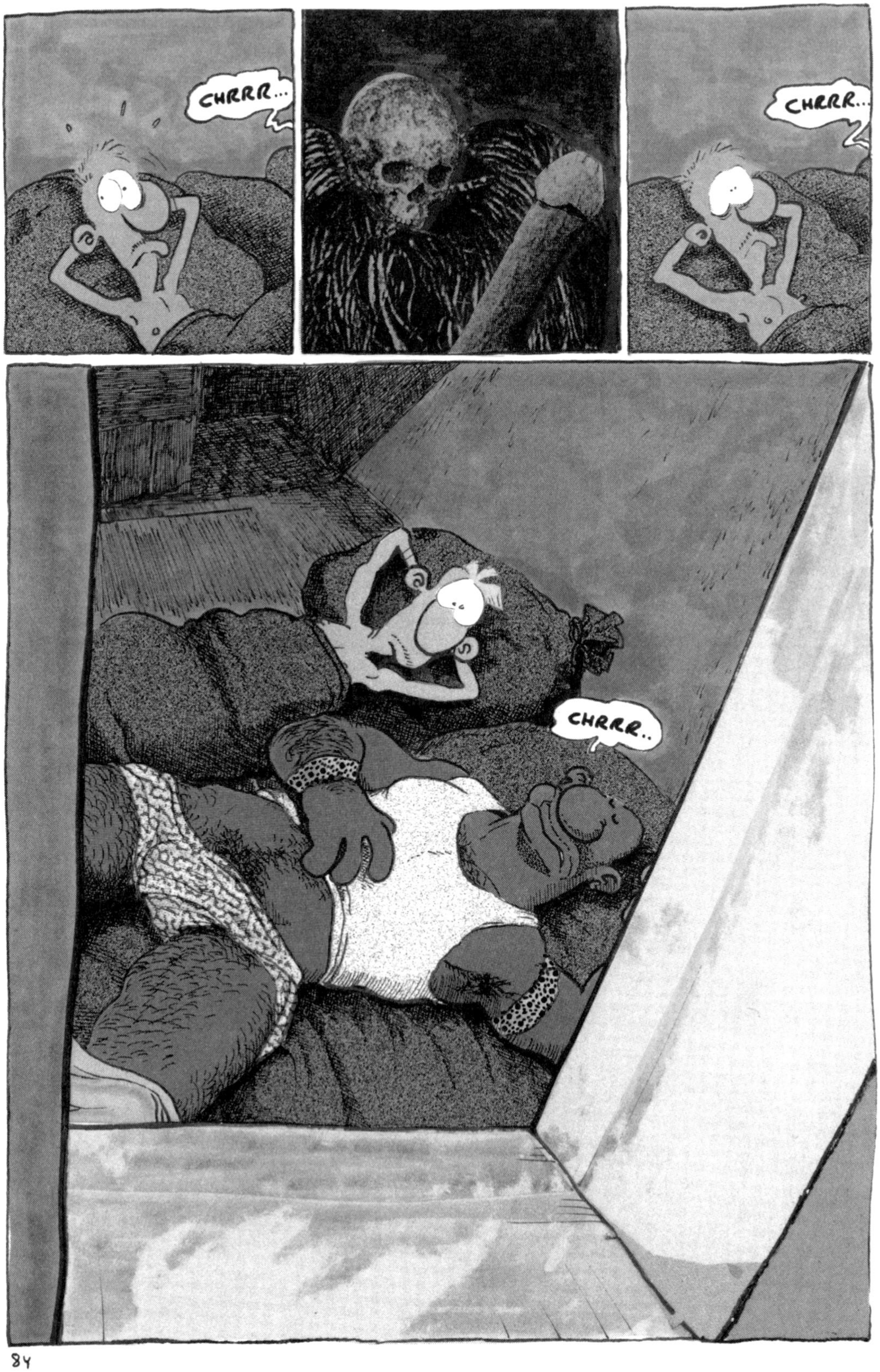

CHRRR...

CHRRR..

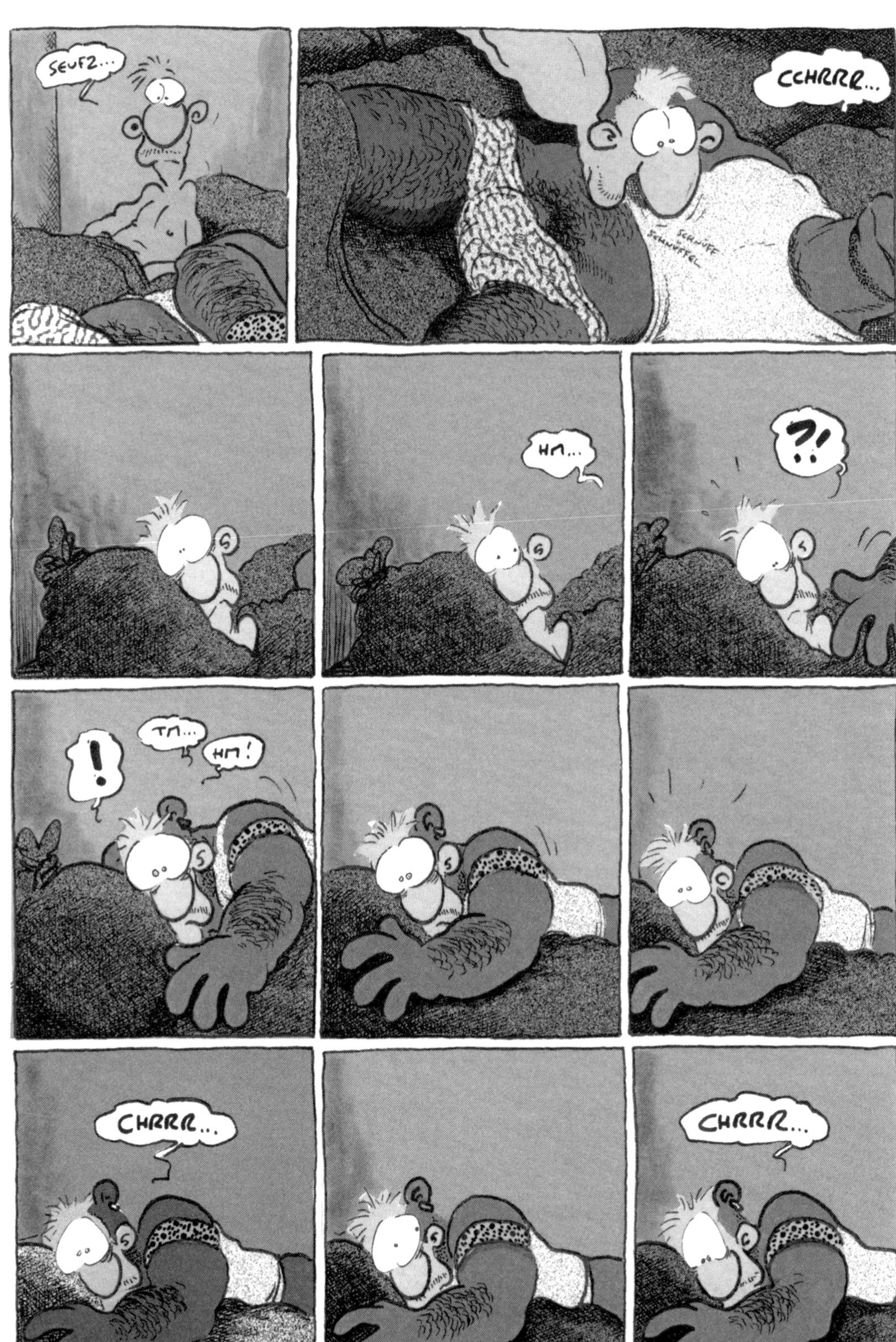
SEUFZ...
CCHRRR...
SCHNÜFF
SCHNÜFFEL
HM...
?!
!
TM...
HM!
CHRRR...
CHRRR...

CHRRR...

SEUFZ...

CHRRR...
CHRRR...

...UND SO VERGING DIE NACHT... WIE EIN TRAUM... IN SEINER WARMEN, HAARIGEN, WÜRZIG DUFTENDEN UMARMUNG...
„WÜRZIG DUFTEND"?! GRAD HAST DU NOCH GESAGT, ER HAT GEMÜFFELT!
JA, ABER INZWISCHEN BIN ICH VERLIEBT.
ALSO ICH FINDE DAS ALLES EKELHAFT! HEY, TOM POOPE! HAST DU GEHÖRT?!!

GUS PHILLIPS TREIBTS MIT EINEM HAARIGEN AUSLÄNDER!! DU BIST NICHT MEHR ALLEIN IM TREND!!
KNIRSCH...
UND DANN?!

ÄHM... KANN ICH DICH... ICH MEINE... GIBT ES IRGENDEINE CHANCE, DICH WIEDERZUSEHEN?
ICH WÜRD DICH GERN... ALSO...
HE... WIE WÄRS... WIR KÖNNTEN NOCH ZUSAMMEN FRÜHSTÜCKEN!

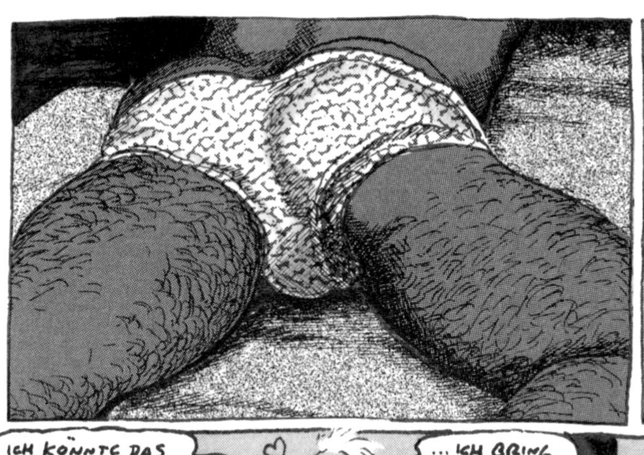

NICHT? NA GUT.
...ÄH, HÖR MAL ... NIMMS NICHT PERSÖNLICH, ABER DEIN ... LENDENTUCH MÜSSTE MAL GEWASCHEN WERDEN, DAS HATS WIRKLICH NÖTIG!
DAS ... IST NICHT SEHR HYGIENISCH, WEISST DU ...

ICH KÖNNTE DAS ERLEDIGEN ... ICH HAB SOWIESO EINEN KORB WÄSCHE ZU HAUSE UND ...
... ICH BRING DIR DAS TUCH MORGEN FRISCH DUFTIG GEWASCHEN ZURÜCK UND DANN KÖNNEN WIR ...
N'MOMBASSA BRONTO!!
HM.

NUN GUT ... ICH LEG DIR EINE FREIKARTE FÜRS THEATER AUF DEN TISCH.
„HAMLET" VON WILLIAM SHAKESPEARE!
EIN STÜCK ÜBER EINEN DÄNEN MIT DEPRESSIONEN!
ICH SPIELE NUR EINE BLÖDE FRAUENROLLE, ABER DEMNÄCHST KOMMT WAS NEUES UND DANN ...

... WERDE ICH BERÜHMT UND WOHLHABEND UND FÜR UNS ZWEI BEGINNT EIN NEUES LEBEN!
ADIEU, MEIN SCHWARZER PRINZ ...
BIS BALD ...
SCHMATZ

SEUFZ ...

... UND DER TOTENSCHÄDEL ?! WAS WAR DAS MIT DIESEM TOTENSCHÄDEL ?!!

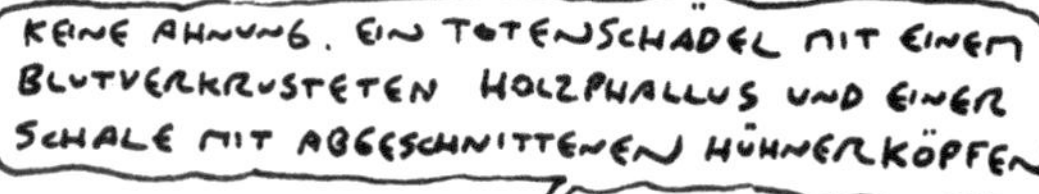
KEINE AHNUNG. EIN TOTENSCHÄDEL MIT EINEM BLUTVERKRUSTETEN HOLZPHALLUS UND EINER SCHALE MIT ABGESCHNITTENEN HÜHNERKÖPFEN...

HEXEREI ?!
WAHRSCHEINLICH IRGENDSO'N... VOODOO!

VOODOO?!
VOODOO?! DUNKLER AFRIKANISCHER ZAUBER ?!
RÖCHEL...

GENTLEMEN... DA SHAKESPEARE NICHT ZUR PROBE KOMMT, FÄLLT WOHL MIR DIE AUFGABE ZU, EUCH DARAN ZU ERINNERN, DASS NUR DAS STÄNDIGE PROBIEREN EINEN WIRKLICHEN SCHAUSPIELER FORMT UND IHN IN SEINER ROLLE-
WILLI KOMMT HEUTE NICHT ?!
WAS... WIESO-WILLI KOMMT HEUTE NICHT?! ICH SITZ HIER NUR, WEIL ICH AUF WILLI WARTE!
WO IST WILLI DENN ?!

STÖHN...

DAS WIRD DER APOTHEKER SEIN...
STÖHN...
POK
POK
POK

?!

HABT IHR WIEDER IRGENDEINE DROGE AUS DER NEUEN WELT AM EIGENEN LEIBE AUSPROBIERT? DAS BRINGT EUCH NOCH MAL INS GRAB!!!
GRWLST...
AUCH EIN APOTHEKER MUSS AUF SEINE GESUNDHEIT ACHTEN! WENN IHR DAS GANZE ZEUG SELBST SCHLUCKT...
?!
WAS IST?
?!!
AAAH!!
?!!
OOHOO...
HOO!!
?!!
DIE TREPPE IST LINKS!
VORSICHT!
KLIRR!
SCHEPPER!!
POK POK
POK
HI BESSY... IST WILLI DA?!
?
ER IST DA, ABER ER KOTZT SCHON DEN GANZEN TAG! HAT GESTERN WIEDER GESOFFEN! KOMM REIN.
THANK YOU.

ER HAT KOPFSCHMERZEN WIE EIN RINDVIEH, UND JETZT HAB ICH AUCH NOCH DIESEN ANDEREN SPINNER HIER, DIESEN APOTHEKER HOPPEDANCE! DEN MUSST DU SEHEN, DER IST MIR GRAD SCHNURSTRACKS IN DEN WASCHKESSEL GESPRUNGEN!!! DA SITZT ER NOCH UND IST NICHT RAUSZUKRIEGEN!!!
HM.
...HOPPEDANCE?!
ICH BIN OKAY!
HALT MIR NUR DIESEN DÄMON VOM LEIB!
DER HAT SIE DOCH NICHT ALLE!!!
DER SOLL NOCH EINMAL SAGEN, ICH WÄR'N DÄMON, DANN MACH ICH IHM FEUER UNTERM HINTERN!!!
ZACK ZACK STEHT MAN ALS FRAU AUF DEM SCHEITERHAUFEN WEGEN SO'M SCHEISS!!!
WAS HAST DU DA EINGEPFIFFEN?!!
MEXIKANISCHE TOLLKIRSCHE! FÜNF GRAMM ZEHN PENCE!
KOMMT GUT, ABER MAN SIEHT DÄMONEN! DAS IST AUF DIE DAUER ABTÖRNEND. HIER HAB ICH WAS FEINES: TÖRNWURZ AUS PERU! DA FLIEGT DIR DAS GEHIRN AUS DEN OHREN! IST ABER NICHT BILLIG, SAGEN WIR...
HOPPEDANCE, ICH BIN VERLIEBT!
AH? SEIT WANN?!
SEIT HEUTE NACHT.
HM. DAS IST FRISCH.
HAST DU EIN MITTEL, DASS DIE LIEBE SICH ENTFALTET?
KLARO.
IST SIE BLOND?
WAS? NEIN. ES IST EIN MANN.
EIN MANN?
JAAA, EIN MANN! ICH BIN SODOMIT! ALSO GIBT ES EIN MITTEL, SEINE LIEBE ZU WECKEN, ODER...
IST ER BLOND?

NEIN, SCHWARZ.
MOMENT, DA MUSS ICH NACHSCHLAGEN. DA KENN ICH MICH NICHT AUS.
SODBRENNEN... SOJABOHNE... SONNENSTICH... SOCKENQUALM... SODOMITENLIEBE! HM. SODOMITENLIEBE... HM HM.
ER IST SCHWARZ!
DAS SAGTEST DU SCHON.
ICH MEINE, ER IST EIN MOHR!
ACH?! EIN MOHR?? ETWA WIEDER DER MOHR?!
WAS?!
...DA VÖGELT ZUR ZEIT EIN SCHWARZER MIT EINEM SCHWANZ WIE'NE PFERDEWURST ALLE BLONDEN SODOMITEN DURCH! ALLE BRAUCHEN MEINE HEILSALBE FÜR DIE WUNDEN ÄRSCHE!
KNIRSCH...
DIESE SALBE BRAUCH ICH AUCH, ICH...
SCHON KLAR. NIMM SIE BEIM NÄCHSTENMAL AM BESTEN GLEICH ALS GLEITCREME.
DONNERLÜTTCHEN... HIER KANN MAN WAS ERLEBEN...
SODOMITENLIEBE MIT MOHR... AH! HIER HAB ICHS. ÄHEM... „NIMM DIE SCHMUTZIGE UNTERWÄSCHE DES NEGERS UND WASCHE SIE IN HEISSEM WASSER. DAS WASSER HEBE IN EINEM GEFÄSS AUF, MITSAMT DER UNTERHOSE.
ERWARTE NUN DIE NÄCHSTE VOLLMONDNACHT!"
„ALSDANN NIMM EINE FETTE KRÖTE UND NAGELE SIE AN EINEN HUNDERT JAHRE ALTEN EICHBAUM, GEH DANN DREIMAL UM DEN BAUM HERUM UND SPRICH DABEI DIE WORTE: „SCHMURZSCHMÜPFEL SCHMÜMPFELSCHMATZ"!
NIMM DIE NASSE UNTERHOSE DES NEGERS, BIND SIE DIR UM DIE NASE, SPÜL MIT DEM SCHMUTZWASSER DEINEN MUND UND SPUCK ES AUF DIE ANGENAGELTE, TOTE KRÖTE."

ICH SOLL MIR MIT DEM WASSER DEN MUND SPÜLEN ?!!
SEI FROH, DASS DU KEINEN FRANZOSEN LIEBST, DA MÜSSTEST DU DIR DAMIT EINEN EINLAUF MACHEN!
„ZUM SCHLUSS NIMM DEN DOLCH DES NEGERS, SCHNEIDE DER TOTEN KRÖTE AM EICHBAUM DEN KOPF AB, LASS IHN AUF DEN BODEN FALLEN UND URINIERE IM MONDLICHT DARAUF. SO WIRD DER ZAUBER VOLLZOGEN, UND DER NEGER WIRD SICH IN DICH VERLIEBEN."
SCHMURZSCHMÜMPFEL SCHMÜPFELSCHMATZ ?!
SCHMURZSCHMÜPFEL SCHMÜMPFELSCHMATZ.
HM. DAS MIT DER KRÖTE UND DEM EICHBAUM IST KEIN PROBLEM, ABER WIE KOMM ICH AN SEINE UNTERWÄSCHE UND DEN DOLCH ?!
KRÖTEN HAB ICH GRAD IM ANGEBOT!
STÖHN ... IN MEINEM SCHÄDEL IST EIN RUMPELN UND EIN DRÖHNEN, ALS OB GEWITTER SICH MIT ERDSTOSS STREITET, WES' NATURGEWALT DIE STÄRKRE SEI ...
... GESCHIEHT EUCH RECHT!
... UND WAS SICH „MAGEN" NANNTE, KRÜMMT UND DREHT ELENDIG SICH UM SICH SELBST UND SCHRAUBT SICH SO DEN HALS HINAUF ...
?!
ABER IN DEN EIMER !!
IN DEN EIM ...
?!
BÖRG!
FLATSCH!!
KLATSCH
STÖHN ...
ÄCHZ ...
WÜRG ...
... ÖRGS!

WILLIAM SHAKESPEARE!!! ES REICHT! IMMER, WENNS AUF VOLLMOND ZUGEHT, DAS GLEICHE THEATER!!! BEIM NÄCHSTENMAL KÜNDIGE ICH!!!
STÖHN...

...DER DÄMON MUSS ERST DAS ZIMMER VERLASSEN, SONST KANN ICH NICHT ARBEITEN...
ICH BIN KEIN DÄMON!!!

...UND UM IHM DEN KATER ZU KURIEREN, BRAUCHTS NUR EINE ANSTÄNDIGE SALZIGE FISCHSUPPE, UND NICHT EUREN HOKUSPOKUS!!!
IST JA GUT, BESSY... LASS UNS ALLEIN!
„SALZIGE FISCHSUPPE", WAS? WOHL VOM FISCH MIT DEN FÜNF AUGEN UND DEM RATTENFELL AUF DEN SCHUPPEN!
STÖHN...
TSSS TSSS!

ALSO, WILLI... WAS IST LOS? SPUCKS AUS!
ERST MUNDETE DER ROTWEIN MIR, DANACH AUCH SCHNAPS, LIKÖR UND BIER – BIS ICH DANN BEIM KARTENSPIEL RÜCKWÄRTS AUS DEN LATSCHEN FIEL.
DAS MEIN ICH NICHT! UND HÖR MAL FÜR FÜNF MINUTEN AUF ZU DICHTEN, DAS NERVT! ENTSCHULDIGE, WENN ICH DAS SAGE, ABER VERKATERT DICHTEST DU UNTER NIVEAU!
STÖHN...

WIE WEIT BIST DU MIT DER NEUEN TRAGÖDIE? IST SIE DAS HIER?!
SONETT 61?! „O DEINE LIEBE IST DOCH NICHT SO GROSS..."
DAS IST PRIVAT!!
SCHON GUT, SCHON GUT! HAB NICHTS GESEHEN...
ALSO WAS IST MIT DER TRAGÖDIE?!
ACH... DIE TRAGÖDIE...

DER NEUE KÖNIG WÜNSCHT SICH EINE TRAGÖDIE IM RAHMEN DER KRÖNUNGS-FEIERLICHKEITEN...
NA WUNDERBAR!!!
JA, ABER ICH BIN NOCH NICHT SOWEIT. WIR SPIELEN DEN HAMLET.
POFF!
...DEN HAMLET?!
...DEN HAMLET?!! WIR SPIELEN SEIT ZWEI JAHREN DEN HAMLET! DIE LEUTE SPRECHEN SCHON DIE DIALOGE MIT! DER EINZIGE, DER SEINEN TEXT NICHT KANN, IST HAMLET!!!
WIR BRAUCHEN EINEN NEUEN SHAKESPEARE, WILLIAM!!!
ICH WEISS, ICH WEISS!
UND WIESO VERPLEMPERST DU DEINE ZEIT MIT LIEBESGEDICHTEN FÜR DIESEN BISEXUELLEN BLÖDMANN VON SOUTHAMPTON?!
?!?
DIESE SONETTE SIND FÜR EMILIA BASSANO!!!
DAS IST EINE FRAU, WENN ICH MICH NICHT IRRE!
HÜSTEL...
?!
EMILIA BASSANO IST SOUTHAMPTONS GELIEBTE!!
DU HAST DICH IN DIE GELIEBTE DEINES GELIEBTEN VERLIEBT?!
?!?

DER EARL VON SOUTHAMPTON IST NICHT MEIN GELIEBTER !!!
STÖHN...
WILLIAM! DEINE SONETTE AN DEN MANN GIBT ES IRGENDWANN ALS TASCHENBUCH-AUSGABE AN JEDEM BAHNHOFSKIOSK !! NUR VERKLEMMTE HISTORIKER WERDEN BESTREITEN, DASS DU ZUR SODOMIE NEIGST UND...
?!!
ICH BIN KEIN SODOMIT !!! ICH HABE FRAU UND KINDER IN STRATFORD !!!
ACH JA.
ICH VERGASS.
...IS' NATÜRLICH EIN ARGUMENT.
KLAR... FRAU UND KINDER...
HUST!
?!
WAS MACHST DU DA, HOPPEDANCE ?! DAS STINKT BESTIALISCH !!
GEGEN DEN KOPFSCHMERZ! QUALM VON DER GETROCKNETEN ASPIRIN-WURZEL.
HUST!
ALSO, WAS IST MIT DER NEUEN TRAGÖDIE ?! WORUM GEHTS ?!
SIE HEISST ÖTHELLÜ - DER TÜRKE VON ISTANBUL.
UND? DIE STORY ?!
HM...

EIN KERL, BREIT WIE EIN KLEIDERSCHRANK LIEBT EIN MÄDCHEN, ZART UND RANK. SIE LIEBT IHN AUCH UND IST IHM TREU.
...BIS HIER IST DIE GESCHICHT' NICHT NEU.
SIE IST IHM TREU UND LIEBT IHN RICHTIG! DOCH ER IST STÄNDIG EIFERSÜCHTIG... ZUDEM IST ER EIN BISSCHEN DUMM...
...UND BRINGT DIE FRAU AM ENDE UM. UND JAGO?! WAS MACHT JAGO?!
?
JAGO?!
NA, DER SCHURKE!! ES MUSS EINEN SCHURKEN GEBEN!! UND ZWAR DEN GEMEINSTEN! FIESESTEN!
?!
DU HAST DOCH KEINE TRAGÖDIE OHNE EINEN SCHURKEN GESCHRIEBEN, ODER?! WILLI!! ERFINDE EINEN SCHLECHTEN CHARAKTER, NENN IHN „JAGO" UND LASS MICH IHN SPIELEN, OKAY?! WILLI?!!
ES GIBT EINEN „JAGO," — ABER WOHER WEISST DU DAS?!
ES GIBT EINEN JAGO! GUT! DANN WERDE ICH IHN –
...DIE ROLLE IST EHER WAS FÜR TOM POOPE.
ALKA... SELZA... ASPIRIN...
?!
...DEIN KOPFSCHMERZ SOLL NACH CHINA ZIEHN!!
TOM...
...POOPE?!!
SEUFZ...

# ACT V

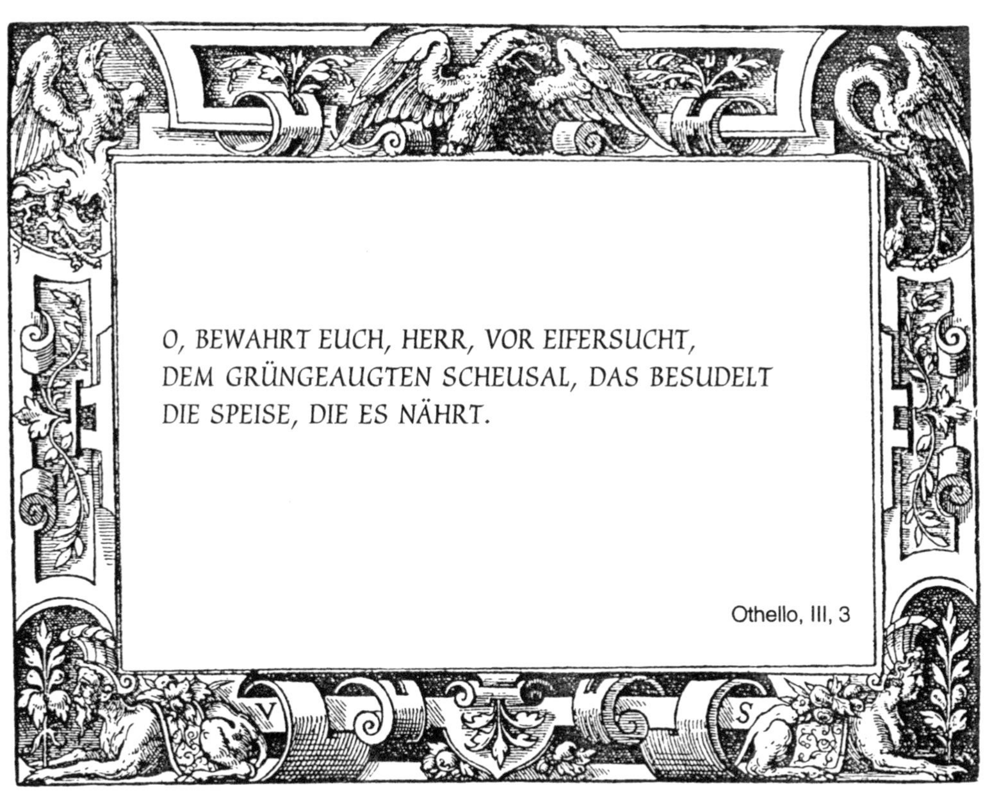

O, BEWAHRT EUCH, HERR, VOR EIFERSUCHT,
DEM GRÜNGEAUGTEN SCHEUSAL, DAS BESUDELT
DIE SPEISE, DIE ES NÄHRT.

Othello, III, 3

BATSCH

?!

SEUFZ...

?
IS' MORGEN VOLLE MOND, HÄ ?!

?!
GRONZO!?!

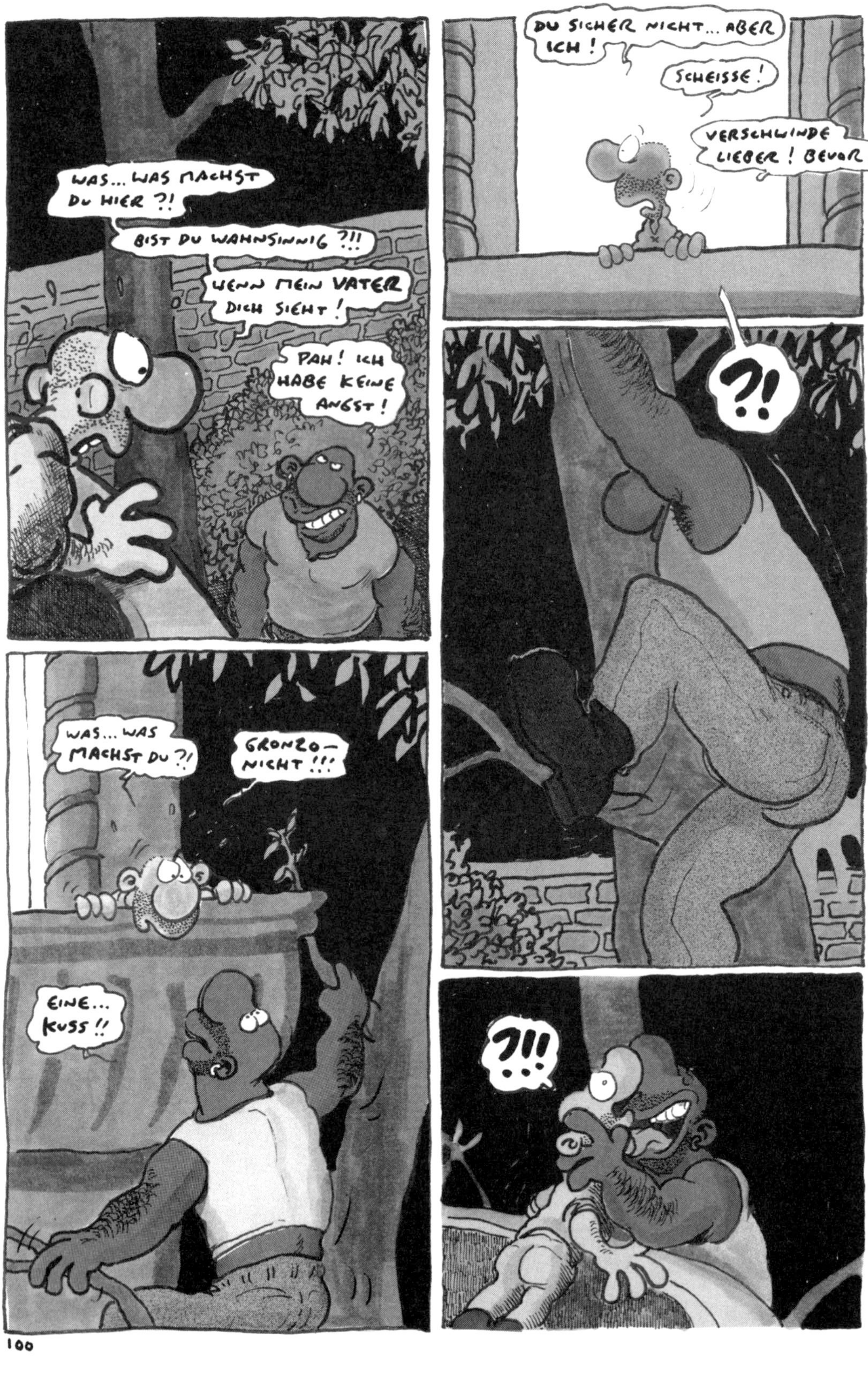

DU SICHER NICHT... ABER ICH !

SCHEISSE !

VERSCHWINDE LIEBER ! BEVOR...

?!

THOMAS ?!
?!
...ICH STELL DIR TEE UND BROT AUF DEN TISCH!
IST GUT, AMME!!

ICH GEH ZU BETT! WAR EIN HARTER TAG... STUNDENLANG HÜHNER GERUPFT!
TJA...
UND STEH NICHT SO LANG AUF DEM BALKON HERUM! DU WIRST DICH NOCH ERKÄLTEN!
...NACHT, AMME...
OKAY...
GUTE NACHT...
TÜR-KLAPP!
GRONZO, BITTE! ICH...
?!

STÖHN...
HÖR ZU... ZIEH DEIN HEMD RICHTIG AN!
ICH MUSS MIT DIR SPRECHEN, UND DAS...
BAH!! SPRICHST DU NICHT!!
...KÜSST DU MICH!
HÄ HÄ!!
ICH... HABE IM MOMENT KEINE LUST, DICH ZU KÜSSEN!
DU HAST ES HEUTE NACHT MIT AUGUSTINE PHILLIPS GETRIEBEN!

AUSGERECHNET AUGUSTINE PHILLIPS!
DIESE... AFFEKTIERTE, OBERFLÄCHLICHE, HYSTERISCHE, PARFÜMIERTE, GESCHWÄTZIGE, UNBEGABTE, AUFGEBLASENE... SCHWUCHTEL!
IST BLOND.
ACH JA! ER IST BLOND!
...HATTE ICH GLATT VERGESSEN.
ICH KANN NICHT VORBEIGEHEN AN EIN BLOND...
DU BIST AM THEATER DAS THEMA!! SIE TRATSCHEN ÜBER DEINEN VOODOO UND MUNKELN SCHON VON HEXEREI!
DAS KANN DICH DEN KOPF KOSTEN, GRONZO!!
UND DEIN SCHWANZ, DER IST SOOO GROSS!!

GUS PHILLIPS MEINT, ER IST VERLIEBT! ER SAGT, IHR HABT ARM IN ARM GESCHLAFEN!
BAH! WAR NUR SEX. IST NICHT WICHTIG. ICH NICHT SPRECHE MIT IHM!

ICH NUR SPRECHE MIT DIR!
ICH LIBBE DICH.

...DU GUCKST MIR DRAMATISCH IN DIE AUGEN UND SAGST, DU LIEBST MICH, UND DANN ZIEHST DU LOS UND KNALLST DIE DÜMMSTEN TUNTEN LONDONS!!
UND ICH DARF HIER SITZEN UND AUF DEN NÄCHSTEN VOLLMOND WARTEN!

ICH LIBBE DICH.

...ABER NUR EINMAL IM MONAT SEX IST MIR ZU WENIG!! ICH KANN'S DURCHAUS ÖFTER VERTRAGEN!!

ICH LIBBE DICH.

ICH KANN DAS NICHT MEHR GLAUBEN!
HÖR ZU, ICH DENKE, WIR SOLLTEN...
DAS IST...
STÖHN.
ZIEH DEIN HEMD RICHTIG AN!

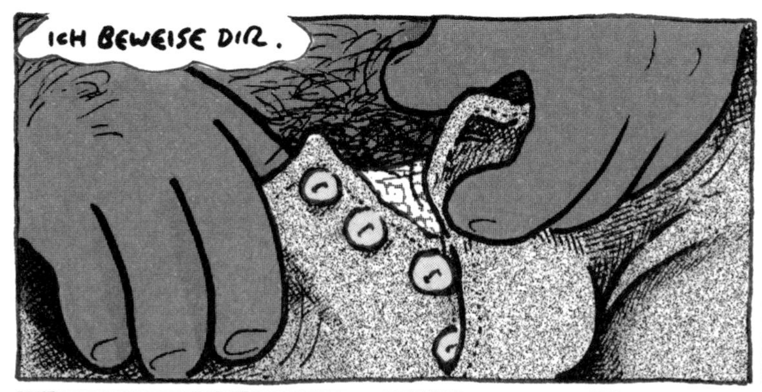
ICH BEWEISE DIR.

?

WAS... WAS WIRD DAS DENN JETZT ?!
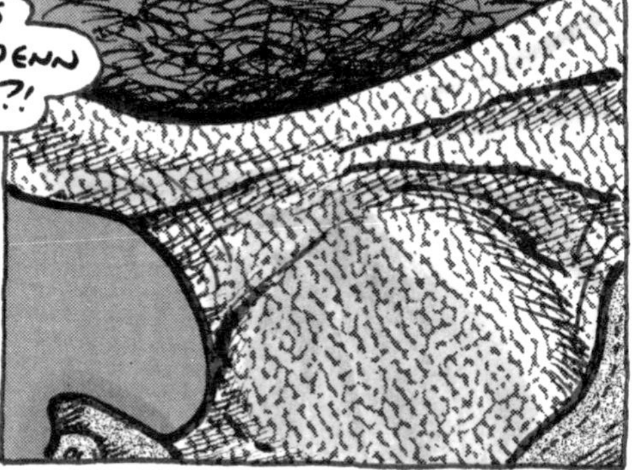

BIST DU WAHNSINNIG ?!
LASS DIE HOSE AN !!
WENN MEIN VATER...
DAS... DAS GEHT HIER NICHT AUF DEM BALKON, DASS...
AUSSERDEM IST DOCH ERST MORGEN VOLLMOND, ALSO WAS...

STÖHN...

?

NIMMST DU.

MEINE MUTTER HAT MIR GESCHENKT, ALS ICH WURDE EIN MANN!
IST VIELE KRAFT IN DIESE TUCH.

DARFST DU NIE WASCHEN! ICH HABE GETRAGEN VIELE JAHRE, ABER ICH HABE NIE GEWASCHEN!
AH ?!
SCHNÜFFEL

SCHLUCK... ICH... LIEBE DICH AUCH!
?!?
KOMMST DU MORGEN NACHT IN WALD! WO DER FELSBLOCK IST!
IN DEN WALD ?!
IST MORGEN VOLLE MOND! ICH RUFE DIE GEISTER, ZU FEIERN EINE GEILE NACHT!


SEUFZ... GRONZO! WIR SIND HIER IN ENGLAND! HIER IST KEIN URWALD, UND ES GIBT HIER KEINE GEISTER!
ES GIBT. KLAR GIBT! ES GIBT IN JEDE WALD GEISTER, UND ICH RUFE GEISTER VON AFRIKA!
IST DAS WIEDER IRGENDWAS MIT VOODOO ODER WAS ?! DAMIT WILL ICH NICHT...
...WIRD EINE GROSSE FEST, ZU FEIERN UNSERE LIBBE!

UND DANN... DEINE ARSCH GEHÖRT MIR!
KÜSST DU MICH!

DU... MACHST MICH FERTIG...

SCHLECK! SCHMATZ!!
?!!

KNUTSCH... SCHMATZ KÜSS...

BIS MORGEN!

SCHNÜFFEL RIECH...

GRONZO ?!!
GRONZO ?! BIST DU DA ?!!
FEH...
FEIF!
HALLO ?!
...JEMAND ZU HAUSE ?!
GRONZO ??!

ALSO...
DOLCH UND
LENDENTUCH!

GRONZO?!
?!

GRONZO?!
BIST DU ZUHAUSE?!
ICH BINS!

??

GRONZO... WENN DU DA BIST... HÖR MICH AN!
ICH... BIN VERRÜCKT NACH DIR, GRONZO!!
LASS UNS NOCHMAL SEX MACHEN, JA?
BITTE!
WIR KÖNNTEN... ZUSAMMENSEIN, DU UND ICH!
ICH TU AUCH ALLES, WAS DU WILLST!
ÄHEM!

?!
WENN HIER EINER ALLES TUT, WAS ER WILL, DANN BIN DAS ERSTMAL ICH!
DU KENNST GRONZO?!
ICH BRECH AB!
AN DEM ABEND MUSS ER ABER ZIEMLICH BETRUNKEN GEWESEN SEIN...
ENTSCHULDIGE, WENN ICH MAL HÜSTEL!
HÜSTEL HÜSTEL!
WIE DEM AUCH SEI, DU KANNST WIEDER VERSCHWINDEN!
AH JA?! DA SEI DIR NICHT SO SICHER! ICH HATTE EINE WUNDERBARE NACHT MIT DEM NEGER, UND ER UND ICH...
BILD DIR NUR NICHTS EIN!
KNIRSCH...
DIE FRAGE IST DOCH, HATTE DER NEGER AUCH EINE WUNDERBARE NACHT MIT DIR?! GANZ LONDON WEISS, DASS DU IM BETT NICHT GERADE VOR EINFALLS-REICHTUM SPRÜHST...
WAS?! WER SAGT DAS?!
GANZ LONDON! SAG ICH DOCH!
ACH JA?! UND WAS WAR DAS MIT MASTER DOMBLETON?!
WAS? WIESO?
DU HAST IHM EINEN GEBLASEN UND ER IST EINGESCHLAFEN!
STINKSOCKE...
SCHNÜFF SCHNÜFF
ACH?! DAS IST JA EINE TOLLE GESCHICHTE! DIE KENN ICH NOCH GAR NICHT!
WENN ICH EINEM EINEN BLASE, SCHLÄFT ER JEDENFALLS NICHT EIN!
SCHNÜFFEL...
SEUFZ...
DER MOHR HATTE SEINEN SPASS MIT MIR. MACH DIR KEINE GEDANKEN UND VERPISS DICH!
HAT ER DICH GERAMMT?!
WAS?!
OB ER DICH GEKNALLT HAT!
ICH WÜRDE SAGEN, DAS GEHT DICH EINEN SCHEISS AN!!
MICH HAT ER GEKNALLT! ABER WIE! ES WAR EIN FEST!
MICH HAT ER AUCH! UND ES WAR BESSER ALS BEI DIR!
ACH JA?!
...KEINE UNTERHOSE! KEIN LENDENTUCH!
NICHTS!
SCHEISSE!
JA. WEIL... WENN ES SO GUT GEWESEN WÄRE WIE BEI MIR, KÖNNTEST DU JETZT NICHT AUF DIESEM GAUL SITZEN!
ICH SITZ MIT MÜH UND NOT! MEIN HINTERN HÄNGT IN FRANSEN, DAS SAG ICH DIR!
...ABER ICH HABE DA EINE GUTE SALBE VON APOTHEKER HOPPEDANCE...
EINE SALBE?
HAMAMELIS-SALBE. SCHMIERT MAN SICH DREIMAL TÄGLICH... WIESO ERZÄHL ICH DIR DAS EIGENTLICH?!!

JEDENFALLS SCHEINT ER NICHT DA ZU SEIN... ICH GEH AUF EIN BIER INS „FAGGOTS."
HEUT' IST DISCO.
GRONZO?! ICH KOMME WIEDER! ICH LIEBE DICH!!
HÖR ZU... MACH DIR DA WIRKLICH KEINE HOFFNUNGEN! ICH HABE MIR EXTRA FÜR IHN DIE HAARE BLONDIERT! ALSO VERGISS ES!
ER LIEBT MICH! ICH FÜHLE ES GENAU!
SEUFZ...

FAGGOTS AGLOW
TAPPTA TAPPTA TAPPTA
WHAT'S LOVE... 'TIS NOT HEREAFTER
PRESENT MIRTH HATH PRESENT LAUGHTER...

WHAT'S TO COME IS STILL UNSURE
IN DELAY THERE LIES NO PLENTY

THEN COME KISS ME, SWEET AND TWENTY
YOUTH'S A STUFF WILL NOT ENDURE
HI GUS!
KNIRSCH...
...WAS HAT SIE DENN?!
KEINE AHNUNG. ALSO WIE HEISST DIESE SALBE?

... JUHUUU! AUGUSTINE!!!
GUCK DIR SEINE FRISUR AN! ICH GLAUB, ER HAT STRESS.
HI.
NA?? WARST DU BEIM SCHWARZEN MANN? DU LÄUFST SO BREITBEINIG.
HIHI...
HE, PILLICOCK! 'N DOPPELTEN EIERLIKÖR!!
NA, ERZÄHL SCHON! WAS HAST DU IHM DIESMAL VORGESPIELT? „DER WIDERSPENSTIGEN ZÄHMUNG"?
SCHLÜRF...
ER WAR NICHT DA.
OOOH...
HM. WO KÖNNTE ER SEIN?
VIELLEICHT KNALLT ER GERADE HUMPHREY GLOUCESTER? ODER HAROLD BRAKENBURY? ODER ... DOLL TEARSHEET?!
?
NEIN, DER STEHT DA HINTEN MIT RICHARD GUILDENSTERN.
NA, DANN SCHEIDEN DIE ZWEI SCHONMAL AUS. ABER VIELLEICHT STECKT ER GRAD ZWISCHEN DEN HINTERBACKEN VON PAUL PUDDING? ODER KEVIN PICKBONE?
GRR... WAS... WAS...
... DEIN MOHR HAT BEREITS DIE HALBE LONDONER SODOMITENSZENE DURCHGEVÖGELT, CHERIE... WAS WIR INZWISCHEN ALLES ÜBER DEN KERL ERFAHREN HABEN... DU AHNST ES NICHT!
ABGRÜNDE TUN SICH AUF!
?
HE, BOLINGBROKE! WAS NEUES VOM NEGER?!

WAS ?! WIE ?! WELCHER NEGER ?! ICH WEISS NICHT, WAS DU MEINST!
SIEHST DU, DER AUCH. WUSST ICH'S DOCH.
KURZ GESAGT, DEIN INTIMES TECHTEL-MECHTEL IST EIGENTLICH NICHTS BESONDERES. APOTHEKER HOPPEDANCE VERDIENT SICH IN DER TUNTENSZENE DUMM UND DÄMLICH MIT SEINER HAMAMELIS-SALBE!
?!
NICHTS BESONDERES ?! PASS AUF, WAS DU SAGST!! ES IST... DIE GROSSE LIEBE!!!
...BELEIDIGE MEINE GEFÜHLE NICHT! BELEIDIGE DAS SCHICKSAL NICHT! DIE DREI HEXEN HABEN MIR DEN SCHWARZEN PROPHEZEIT!!
UND ZUDEM HAB ICH SEINEN DOLCH, EINE SOCKE UND DIE KRÖTE!
SEINEN DOLCH?! WIESO SEINEN DOLCH?!
DAMIT... HELFE ICH MORGEN NACHT SEINER LIEBE AUF DIE SPRÜNGE!
TODSICHERES REZEPT VON HOPPEDANCE!
MIT ETWAS VOLLMOND UND DER ALTEN EICHE IM WALD...
...WERDE ICH IHN BEZAUBERN... UND DAS BEDEUTET... WAHRE LIEBE! GUTEN SEX! TREUE!
GROSSE LEIDENSCHAFT! ZUNGENKÜSSE!!
... UND DAS BEDEUTET... PREMIERENFEIER DES NEUEN DRAMAS AM HOF! ICH ALS DER SHOOTING-STAR DER BÜHNE EHRENGAST BEI KÖNIG JAKOB!!! UND ALLE BENEIDEN MICH UM GRONZO... SCHWARZ UND SCHÖN WIE EIN MAURISCHER PRINZ, MEIN LOVER, FEIN GEKLEIDET, WOHLRIECHEND, GEPFLEGT... EINFACH SEXY!!!
AAAH!

AUGUSTINE PHILLIPS... IHR BEGLÜCKT MEIN HERZ HEUTE ZUM ZWEITENMAL!
ERST DURCH DIE ÜBERRAGENDE DARSTELLERISCHE LEISTUNG IN EURER ROLLE ALS SCHURKE JAGO... WIRKLICH BEACHTLICH!
...UND NUN DURCH DEN ERFREULICHEN ANBLICK DES REIZENDSTEN SODOMITEN-PÄRCHENS VON GANZ BRITANNIEN!
...SO SCHENKE ICH EUCH UND EUREM SCHWARZEN, SEHR AUFREGENDEN FREUND EINE TRAUM-URLAUBS-REISE AUF DIE GRIECHISCHE INSEL MYKONOS!
MAJESTÄT!
OH... HAST DU DAS GEHÖRT, LIEBLING?!
IST DAS NICHT... EINFACH WUNDERVOLL?!
DEIN EIERLIKÖR!
?!
AH. DANKE.
ÄHEM!
...WAS ICH DAMIT SAGEN WILL: DEM SCHICKSAL KANN KEINER ENTKOMMEN. DER MOHR IST FÜR MICH VORGESEHEN, EGAL, MIT WEM ER WAS VORHER TRIEB...
ÄHM...
PROST.
ALSO... ERSTENS SAGT WILLI, DASS TOM POOPE DEN SCHURKEN SPIELEN SOLL... UND ZWEITENS...
...SIEHST DU DA HINTEN AM TISCH SAM SANDWICH?! DER IST GERADE GANZ KRANK VOR LIEBESLEID...
...OB DIESER IDIOT LIEBESKRANK IST ODER NICHT, IST MIR...
SEIN GELIEBTER TOM POOPE HAT'S MIT EINEM NEGER!
?!
ER HAT DIE ZWEI AUF TOMS BALKON BEOBACHTET... ES WAR WOHL HERZ-ZERREISSEND WIE BEI ROMEO UND JULIA...

JAWOLL ... RÜLPS! HABS SELBST GESEH'N! EIN MOHR! EIN MONSTRUM WAR'S, MIT KOHLENSCHWARZER BRUST!
UND ?!!
... UND SIE KÜSSTEN UND ... SCHMATZTEN UND LECKTEN ... DIESE SABBERNDE SCHWARZE ZUNGE AN MEINEM ... TO-TOHOHOM !!! SCHLUCHZ!
HABEN MOHREN DENN AUCH SCHWARZE ZUNGEN ?!
... WIE AALE SO SCHWARZ UND LANG UND GLITSCHIG!
!IGITT.
... UND DANN?
SCHLUCHZ! UND DANN GAB DER MOHR MEINEM TOM ... SEIN LENDENTUCH!
SEIN ... ?!!
... UND ER DÜRFE ES NIE VERLIEREN! SCHLUCHZ! SO'N ALTER LAPPEN!
WOW!
?!
ER SPRACH ENGLISCH ?!!
DAS NENN ICH ROMANTISCH! BEHAARTE KERLE SCHENKEN SICH GEGENSEITIG IHRE DRECKIGEN LENDEN-SCHURZE!
SCHLUCHZ
DAS IST NICHT MEIN GRONZO!
MEIN GRONZO SPRICHT KEIN ENGLISCH!
GENAU! GRONZO!! SO HIESS DER NEGER !!! SCHLUCHZ !!
... MORGEN NACHT ... WOLL'N SIE SICH TREFFEN ... BEI VOLLMOND ... IM WALD ... AM FELSBLOCK ... UND HEIRATEN ODER SOWAS ... UND ICH SAGE EUCH ... GEISTER! TEUFEL! HEXEREI!
ICH HABS SELBST GEHÖRT!

TOM POOPE... DIESE...
...KLEINE BEHAARTE RATTE FUNKT MIR NICHT DURCH DIE PARADE!!
TOHOHOM! SCHLUCHZ!!
OKAY JUNGS!!

PFERDEWURST!! FRISCHE PFERDEWURST HIER!!!

Soll dein Weg zum Ruhm gelingen
musst du mit Blut den Acker düngen -
doch Sandwich soll das Messer
schwingen...



Beseitigst du den ersten Poope
geht der zweite von allein
Gib dem Schicksal diesen Schub
dann wirst du bald schon JAGO
sein!
!!

Und...was noch deine Freunde heute
schaff zu gegebner Zeit beiseite...
BSSS
BSSS
BSSS

HALT!!!
WARTET!!
?
?
?

WARTET! ERZÄHLT MIR MEHR!!!
?
??!

??!
WO... SEID IHR?!
KOMMT ZURÜCK!!
ALSO...VON DIESEM GUARANA LASS ICH LIEBER DIE FINGER!
I AGREE.

# ACT VI

DES MENSCHEN AUGE HAT NIE GEHÖRT,
DES MENSCHEN OHR NIE GESEHEN;
DES MENSCHEN HAND KANN NICHT SCHMECKEN;
SEINE ZUNGE NICHT BEGREIFEN
NOCH SEIN HERZ BERICHTEN,
WAS MEIN TRAUM WAR.
Ein Sommernachtstraum, IV, 1

...OBS IM GEISTE EDLER IST...
...DIE GESCHOSSE UND PFEILE DES WÜTENDEN GESCHICKES ZU ERDUDELN...
...ODER DIE WAFFEN GEGEN EIN HEER VON PLAGEN ZU ERHEBEN...
...SO GUT GELAUNT, TOM POOPE ?!
...MACHST DU MIR DAS KLEID ZU ?!
?
ICH HAB GEHÖRT, DU SPIELST IM NEUEN DRAMA DEN SCHURKEN ?!
UND ICH HABE GEHÖRT, DU BIST SAUER DESWEGEN ?!
ICH ?! SAUER ?! ABER NEIN...
ICH KANN DIE DESDEMONA NICHT SPIELEN. FÜR FRAUEN-ROLLEN BIN ICH ZU BEHAART!
NATÜRLICH, NATÜRLICH.
?
ICH KRIEG DAS NICHT ZU. AUSSER-DEM MUSS ICH MICH SELBST UMZIEHEN.
...UND UNTERNEHMUNGEN VON GROSSER HÖHE UND GEWICHTIGKEIT KRÜMMEN AUS DIESER RÜCKSICHT IHRE STRÖMUNG SEITWÄRTS UND VERLIEREN DIE BEZEICH-NUNG TAT!
...DOCH HALT, DIE SCHÖNE OPHELIA! NYMPHE, IN DEINEN GEBETEN SEI ALL MEINER SÜNDEN GEDACHT!
OPHELIA AUF DIE BÜHNE!! HE!!

?
?!
?
DOCH HALT, DIE SCHÖNE OPHELIA!!
GUS! DU BIST DRAN!!
HM?
OPHELIA!! BURBAGE JONGLIERT SCHON MIT DER REQUISITE!!!
?! WAS?!
AUF DIE BÜHNE!!
JA JA... SCHON GUT... REG DICH AB!
WAS?! DAS HIER IST LIVE!!!
DOCH HALT, DIE SCHÖNE OPH...
MEIN EDLER PRINZ... WIE GEHT ES EUER EHREN SEIT SO VIELEN TAGEN?
ICH DANKE UNTERTÄNIGST, GUT!!
MIR EBENSO... DENN...
WAS?!

..JETZT IST DIE WAHRE HEXENZEIT DER NACHT – WO FRIEDHÖFE SICH GÄHNEND ÖFFNEN UND DIE HÖLLE SELBST VERPESTUNG AUF DIE ERDE HAUCHT !!

?!?

?!?

JETZT ... KÖNNT ICH HEISSES BLUT TRINKEN UND SOLCH BITTERE DINGE TUN ... DASS

SELBST ...

DER ...

...TAG ERZITTERN WÜRDE, SIE ANZUSEH'N !!

?!?

?

?!

?

ABER ... DAS IST NICHT DER TEXT DER SCHÖNEN OPHELIA !!!

ICH WEISS. MIR WAR GRAD DANACH.

IMPROVISIEREN, BURBAGE! IMPROVISIEREN!

Rhythmus Hitze Negertanz ... Voodootrommeln Schwarzer Schwanz ...

... GRONZO ?!

PIC!

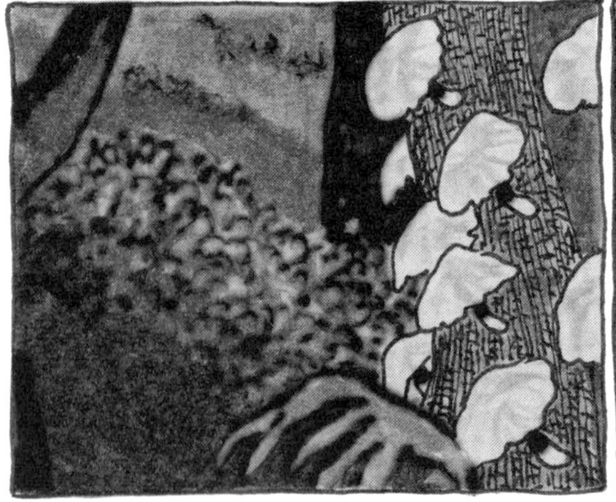

?

GRONZO ?!!

?

GRON...
SCHNARCH...

NCCHRR...

BOMPA!

?

?!?
WAS... WAS...

HEY!!
BOMP BOMP
BOMPA BOMPA
GRONZO...
BOMPA PAMPA

BOMPA
PAMPA
BOMPA

BOMPAMPAMPA BOMPAMPAMPA

BOMPA
BOMPA

?
??
?
BATSCH

PAK! PAK! PACK!
?!!
?!!

AH! JA! AH! AH! OH! AAH!
?

AAHA! JA! AH! OH!

OH! GRONZO!!! AH! AAAHAAHA!

BOMPA
BOMPA
AH!
HMFH...
SCHNAUF
SCHLECK
SCHMATZ
BOMPA
TOM...
...POOPE...
???
PTSCHZZH!!
DU DENKST, ER LIEBT DICH, WAS?! DU DENKST, DU HAST IHN SCHON, WIE?!!
SCHMURZSCHMÜMPFEL
SCHMÜMPFELSCHMATZ!
SCHMURZSCHMÜMPFEL
SCHMÜMPFELSCHMATZ
...DAS WERDEN WIR SEHEN...
...POOPE!!!
ZIK!!
NIMM DAS, POOPE!

PING
PLING
?!
?
BOMPA BOMPA BOMPA BOMPA BOM

JAAA...
OOH JAAA...
BATSCH
BOBOMPA BAMPA BOBOMPAM
KEUCH...
BATSCH!
BATSCH!
SCHNAUF
BATSCH!
BATSCH!
BATSCH!
BATSCH!
GRONZO?
HM...

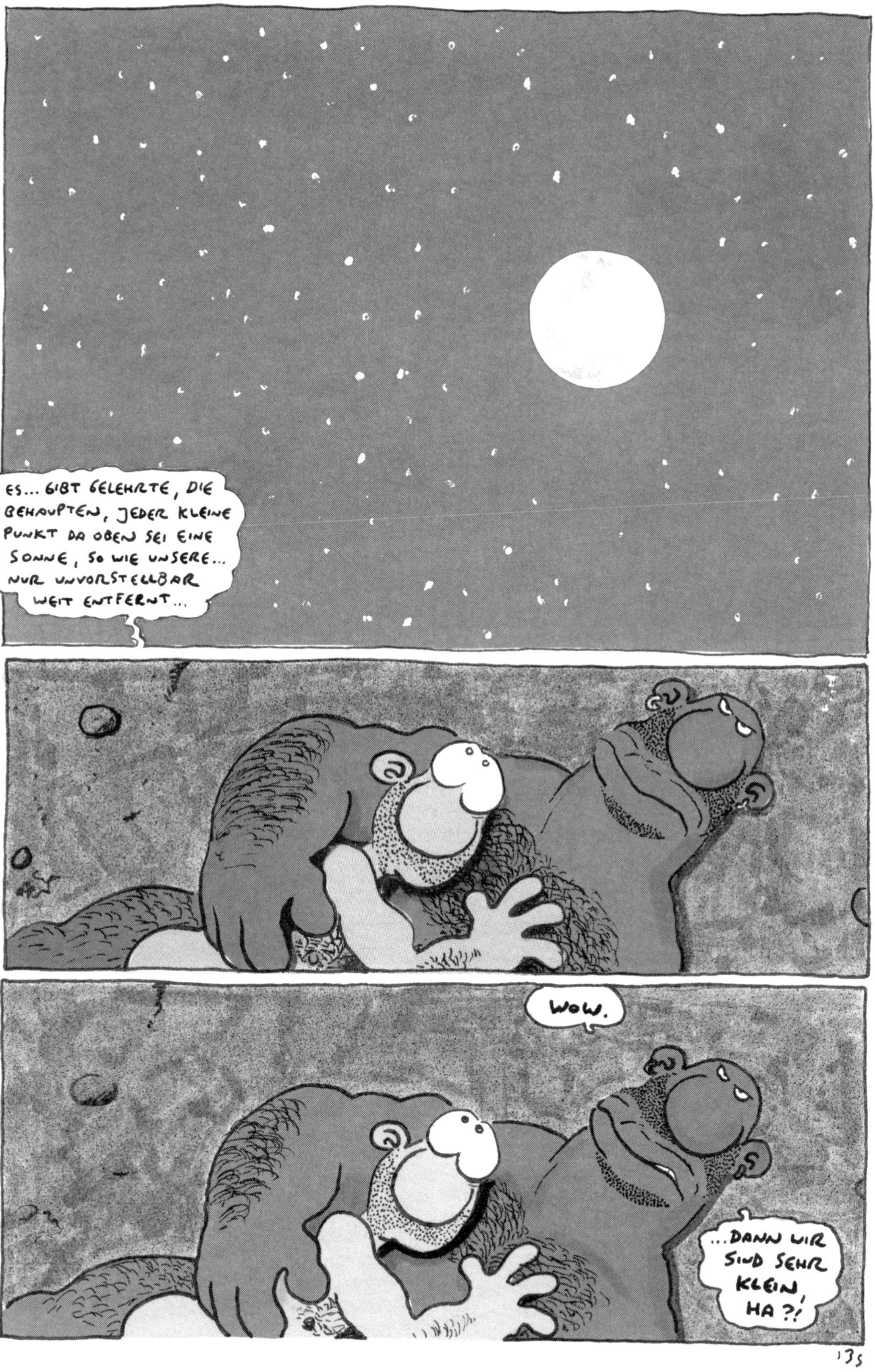

ES... GIBT GELEHRTE, DIE BEHAUPTEN, JEDER KLEINE PUNKT DA OBEN SEI EINE SONNE, SO WIE UNSERE... NUR UNVORSTELLBAR WEIT ENTFERNT...

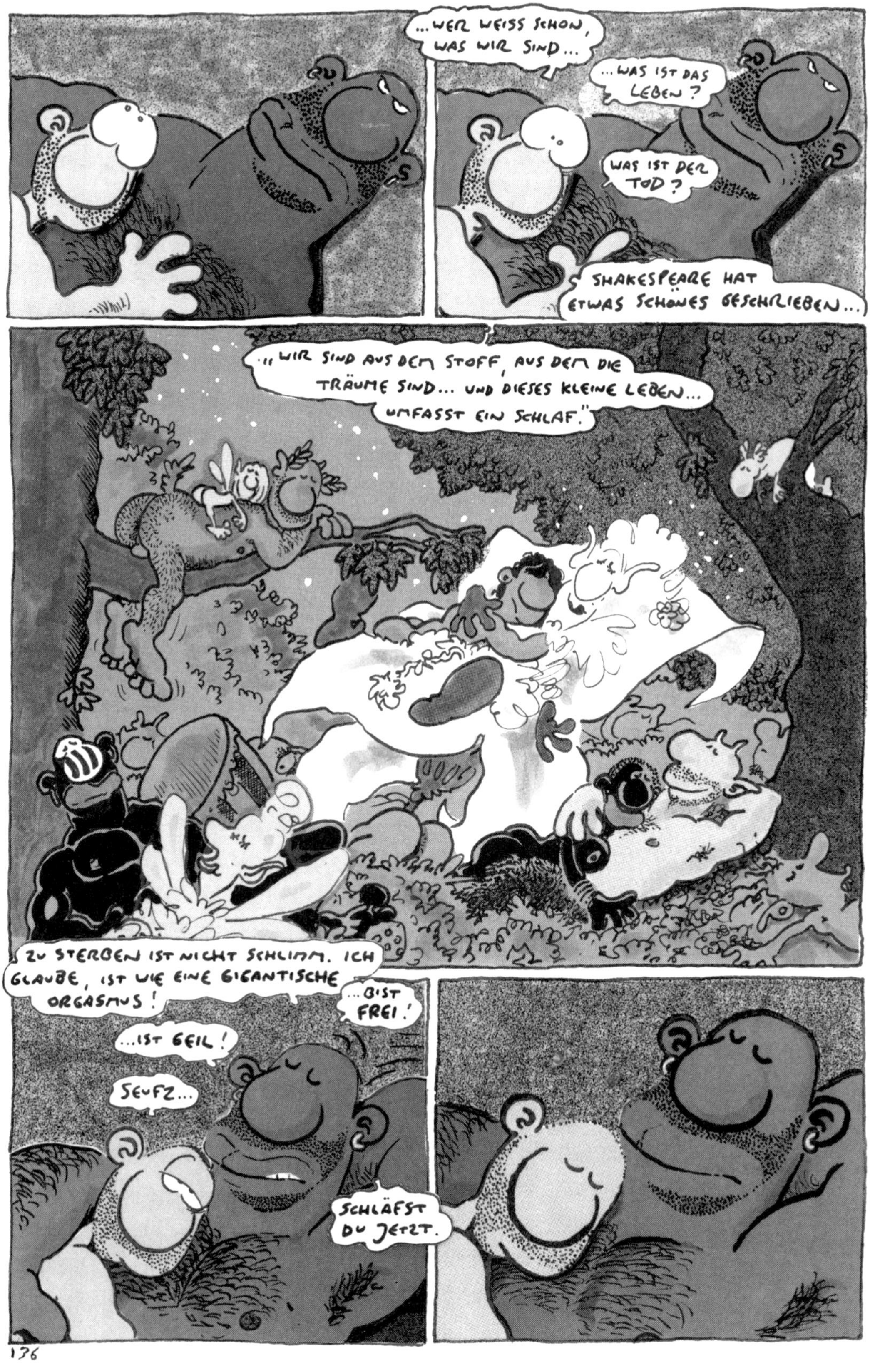

„WIR SIND AUS DEM STOFF, AUS DEM DIE TRÄUME SIND... UND DIESES KLEINE LEBEN... UMFASST EIN SCHLAF."

## ACT VII

*O GRAUSEN!*
*GRAUSEN!*
*GRAUSEN!*

Macbeth, II, 3

ZWITSCHER ZWITSCHER
?
ZWITSCHER ZWITSCHER
ZWITSCHER ZWITSCHER
?!
O GOTT... WAS... WIE...
GRONZO!! HE! GRONZO, WACH AUF!!
HM...
DU MUSST VERSCHWINDEN! WENN MEIN VATER DICH HIER FINDET!!
HMM...
GRONZO!! DIE VÖGEL SINGEN SCHON!
KNURR...
...IST DIE NACHTIGALL.
SEUFZ...

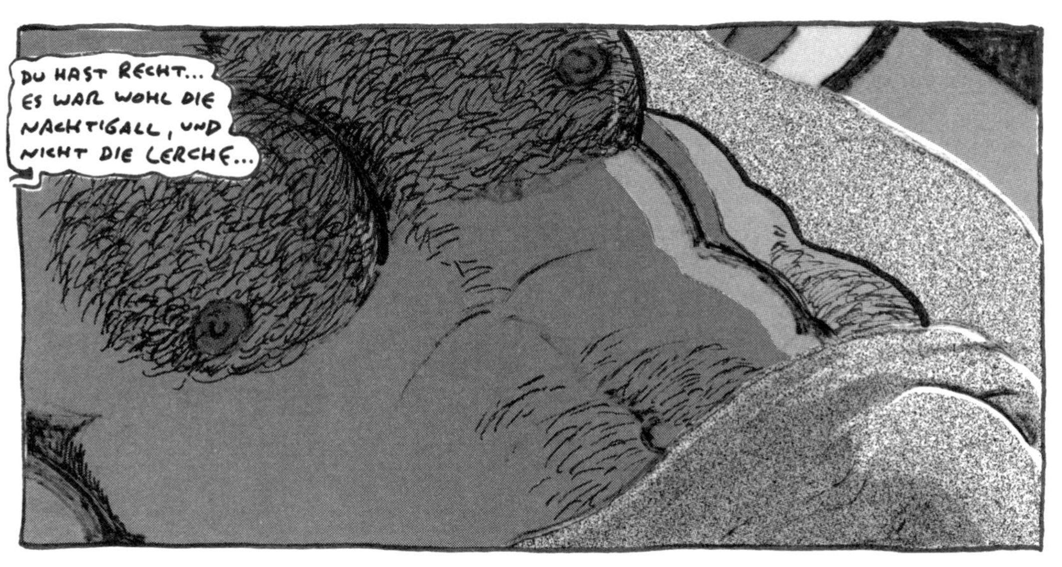
DU HAST RECHT...
ES WAR WOHL DIE
NACHTIGALL, UND
NICHT DIE LERCHE...

HAST DU...
...HAST DU
DAS GLEICHE
GETRÄUMT WIE ICH?
ICH MEINE...
...WIR WAREN IM
WALD UND...

HMMMHMM...

?!!

UND ?!
PSSST!
KOMM MIT !!
IST DER SCHWARZE TEUFEL BEI TOM ?!
SAG DOCH WAS !!
SOLLN SIE SICH LIEBEN... IM GEILEN SCHWEISS IHRES GLITSCHIGEN BETTES, FÄULNIS-DURCHTRÄNKT!
...SICH SCHÖNTUN UND SICH PAAREN!
...IN IHREM EKLIGEN STALL!
WAS?
SAM SANDWICH! DEIN OHR WIRD MEINE ZUNGE EWIG HASSEN, DIE'S MIT DEM JAMMERVOLLSTEN TON BETÄUBT, DEN JEMALS DU GEHÖRT
DER MOHR IST BEI IHM!!
GERADE JETZT TUT ER MIT TOM GRAUENHAFTE DINGE!
ER SITZT MIT SEINEM SCHWARZEN ARSCH AUF SEINEM GESICHT!
?!
MURMELT UNHEILVOLLE ZAUBERFORMELN UND WÄLZT IHN IN EINEM SUD AUS ...KLEBRIGEM SPERMA UND GELBEM URIN!!
UND SIE KÜSSEN SICH, OHNE VORHER DIE ZÄHNE ZU PUTZEN!!
WARUM... WARUM HOLST DU MICH SO FRÜH AUS DEM BETT?! UM MIR DAS ZU ERZÄHLEN ?!! ICH GEH WIEDER NACH HAUS... ICH... MIR WIRD SCHLECHT...
DER ARME TOM! ER BRAUCHT DRINGEND DEINE HILFE!!!
WAS?!
JA, GLAUBST DU DENN, ER TUT DAS ALLES FREIWILLIG ?! ER IST DEM SCHWARZEN HILF-LOS AUSGELIEFERT, SAM!!! WAS DA PASSIERT, IST... DUNKLER, AFRIKANISCHER ZAUBER!
SCHNÜFF

ICH WAR ... IM WALD HEUTE NACHT! ES WAR FEUCHT UND WARM WIE IN DEN TROPEN! DIE KLEIDER KLEBTEN MIR AM LEIB, ALLES WAR STILL UND DOCH WIE VERZAUBERT, UND DA SAH ICH TOM UND DEN SCHWARZEN UNTER DEM VOLLMOND, UND SIE...
DU... STINKST NACH... ESEL!
SCHNÜFF
?!
SCHNÜFF
DAS KANN NICHT SEIN!
AUSGESCHLOSSEN!
ICH WAR ZWEI STUNDEN IN DER BADEWANNE!
UND DANN EINE GANZE FLASCHE „KLEOPATRA" VON GALVIN KLYNE...
DOCH, DAS IST ESEL! DEN GERUCH KENN ICH!
ALS ICH IN DER PUBERTÄT WAR, HATTEN WIR EINE ESELIN IM STALL, DAS WAR EIN FLITTCHEN, SAG ICH DIR... JEDEN SONNTAG BIN ICH MIT MEINEM VATER UND DEM SCHWAGER IN DEN STALL UND...
ÖRG...
OH JA... ICH STINKE NACH ESEL! DAS WAR DES SCHWARZEN UNHEILVOLLER VOODOO-ZAUBER, DASS ICH DIE LUST NOCH STEIGERN WOLLTE UND LUSTIG WIE VON SINNEN RIEF:
EIN PFERD! EIN PFERD! EIN KÖNIGREICH FÜR EIN PFERD!!!
OH NEIN... ICH BIN NICHT EIFERSÜCHTIG!
...NOCH WEITERHIN VERZÜCKT VON DIESES UNHOLDS PECHGESCHWÄRZTER BRUST, DIE NACH DEM... DEM ESELS-SPASS DER NACHT NUR NOCH GELÜST AUF RACHE WECKT!!
DRUM... KOMMT, GEISTER, DIE IHR LAUSCHT AUF MORDGEDANKEN, UND... ERMANNT MICH HIER!
FÜLLT MICH VOM WIRBEL BIS ZUM ZEH MIT WILDER GRAUSAMKEIT!
VERDICKT MEIN BLUT!
...AN MEINE BRUST, IHR MORD-DÄMONEN...
...TRINKT GALLE STATT DER MILCH, WO IHR AUCH HARRT AUF UNHEIL DER NATUR!!!
KOMM, SCHWARZE NACHT... UMWÖLK DICH MIT DEM DICKSTEN DAMPF DER HÖLLE...
...DASS NICHT DER HIMMEL, DURCHSCHAUEND AUF DES DUNKELS VORHANG, RUFE HALT! HALT!

ÄH... KANNST DU WIEDER ENGLISCH SPRECHEN? MIT DIESEM SLANG KOMM ICH NICHT KLAR...
SORRY... MANCHMAL GEHT DER SHAKESPEARE MIT MIR DURCH...
ALSO WILLST DU TOM NUN HELFEN ODER WAS?! ER LIEBT DICH!! NICHT DEN MOHREN!!!
ER LIEBT MICH?!!
ABER...
ER HAT MIR OFT VON DIR VORGESCHWÄRMT! UND WIE KÖNNTE TOM DICH NICHT LIEBEN?! DU BIST... BEHAART WIE EIN BÄR, DUFTEST WIE EIN WILDSCHWEIN UND BIST KLUG WIE EINE...
KUH!
DAS HAT TOM GESAGT?!
DAS HAT TOM GESAGT! BEVOR ER DEN NEGER TRAF!
HÖR ZU, SAM SANDWICH... DAMIT DU TOM FÜR DICH ZURÜCKGEWINNST, HABE ICH EINEN ZWEI-PHASEN-PLAN... ES GILT, ZWEI WIDERSACHER VON TOMS GLÜCK ZU BESEITIGEN...
...DEN MOHREN UND... TOMS VATER!!!
BESEITIGEN?! TOMS VATER?
TOM HASST SEINEN VATER! ER SOLL HEIRATEN UND PFERDEVERWURSTER WERDEN! ER SOLL DAS SCHAUSPIELERN AUFGEBEN!!
DIES IST DER DOLCH DES MOHREN! WENN NUN... IN DIESER STUNDE... EIN MUTIGER MANN KÄME... UND INS HAUS STIEGE... TOMS VATER MIT DIESEM DOLCH...
?
...DIE GURGEL TEILTE...
...WÄHREND ER NOCH TRÄUMT IM SÜSSEN, MORGENDLICHEN SCHLAF... SCHNELL, LEISE, KURZ UND SCHMERZLOS... UND DEN DOLCH STECKEN LIESSE IN DER KEHLE... SELBST TOM MÜSSTE GLAUBEN, DER TÄTER SEI...
DER MOHR!!!
...UND SIE WERDEN DEN SCHWARZEN GREIFEN UND AUF DEM MARKTPLATZ KÖPFEN... UND TOM IST FREI UND KEHRT ZURÜCK IN DEINE HAARIGEN ARME!
ENDE GUT, ALLES GUT...

DAS… DAS KANN ICH NICHT!
SAM… BIST DU EIN MANN ?!

?

SCHNÜFF… KANN WOHL NEPTUNS GROSSER OZEAN DIESEN … GERUCH VON MEINER HAUT REINWASCHEN ?!

NEIN! EHER STINKT NACH SOLCHEM BAD DAS GANZE MEER NACH ESEL !!!

UND ?!
RÖCHEL
HAT ES GEKLAPPT ?! HAT DICH JEMAND GESEHEN ?!
GRWLST...
?!
WAS... WAS...
...WAS BRACHTEST DU DAS MESSER MIT HERUNTER! DORT LIEGEN MUSS ES!! GEH, BRINGS HIN!!!
ICH GEH DA NICHT MEHR HIN!
UÄCH... GIBS HER! ICH WERFS DURCHS FENSTER!
ICH BIN ENTSETZT, DENK ICH, WAS ICH GETAN!
ABER DU HAST ES NICHT GETAN!!! DER NEGER WARS! RELAX!
ICH... GEH ZUR POLIZEI!
WAS ?!!
ICH STELLE MICH! ICH ERKLÄR IHNEN ALLES! SONST KANN ICH NIE WIEDER SCHLAFEN!!
WIR HABEN IHN GEMORDET! O MEIN GOTT! SO VIEL BLUT AN MEINEN HÄNDEN!
POLIZEI!!

ICH HABE EINE TAT ZU MELDEN, DIE SO ENTSETZLICH IST, DASS...
STECH!!
BLUTSPRITZ!!
RÖCHEL
ENTSETZT ANSTARR
STERB
TOT.
HE!!! AMME!! IHR HABT 'NEN FINSTREN GAST IM HAUS!!
?
RATSCH RATSCH
WER IST DA?!
WIE GEHTS DENN THOMAS? SCHLÄFT ER FRIEDLICH? DU SOLLTEST LIEBER NACHSEHEN!
...DENN... ICH GLAUB... JETZT, EBEN JETZT, BESPRINGT EIN SCHWARZER BOCK DEIN GELIEBTES, FEINES SÖHNCHEN!

...GMPH...

RUMS!

MMMFH...

?!!

SCHMATZ

SCHLÜRF

SCHLECK

STÖHN...

O GRAUSEN!
GRAUSEN!!
GRAUSEN!!!
?!
?

ZUNG' UND HERZ FASST ES NICHT!! NENNT ES NICHT!!
AMME!!

JETZT HAT DIE HÖLL' IHR MEISTERSTÜCK GEMACHT!!!

MOTZA RELLA!!
GRONZO - HAU AB!!

...DIE STURMGLOCK ANGESCHLAGEN!!
AMME!!!
RATATUI!!!
GRONZO!
KRAAISCH!! SIR POOPE!!!

SIR POOPE!! KOMMT UND SEHT DES WELT-GERICHTES VORSPIEL!!

AMME!!

SIE HOLT MEINEN VATER! SCHNELL, GRONZO! VERSCHWINDE!!
KNURR...

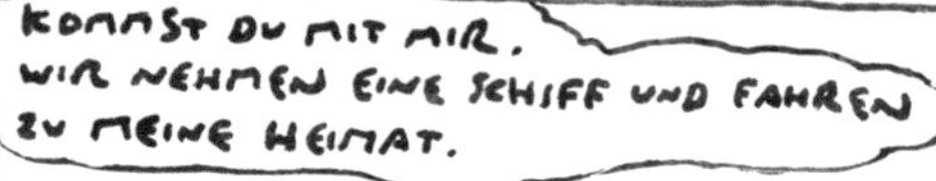
KOMMST DU MIT MIR. WIR NEHMEN EINE SCHIFF UND FAHREN ZU MEINE HEIMAT.

WO MEER WARM UND BLAU IST.
LEBST DU DA MIT MIR! IST GEIL!

SIR POOPE!!!
BOM
BOM
BOM!

BIS GLEICH!! ICH PACK NOCH MEINE SACHEN UND BESORGE GELD!!

SIR P...
TOT
BLUT TROPF
ICH LIBBE DICH!
ICH LIEBE DICH AUCH!
RÖCHEL...
?

?!?
RUMS!
SCHLUCK
WEM GEHÖRT DER MIST-KARREN DA VOR DER BÜHNE?! DER VERSPERRT DIE SICHT UND STINKT!!
GENAU WIE DU!!
...HIER HINGEN DIESE LIPPEN, DIE ICH GEKÜSST HABE, ICH WEISS NICHT, WIE OFT! WO SIND NUN DEINE SCHWÄNKE? DEINE LIEDER? ALLES WEGGESCHRUMPFT?
HAT JEMAND LUST AUF'N WÜRFELSPIEL?!
GEBRATENE SCHWEINS-HAXEN! WER WILL GEBRATENE SCHWEINS-HAXEN?!
HE! SCHMEISS MA' RÜBER DEN TOTENKOPP!!
RÜLPS!
HIER!

MONTAGS-PUBLIKUM! ICH HASSE MONTAGS-PUBLIKUM!
ICH AUCH. NUR WEIL DIE BÄREN-HATZ-ARENA MONTAGS GESCHLOSSEN HAT, MACHEN WIR UNS VOR EINEM HAUFEN ASIS ZU KNALLCHARGEN!
DEINE LINKE TITTE HÄNGT AUF HALB ACHT, CHERI...
TOM POOPE HAT SEINEN VATER GEMORDET?!
NAJA... MAN NIMMT AN, DASS ES EHER DER SCHWARZE WAR...
MAN FAND IM GARTEN EINE ZWEITE LEICHE. EIN EHEMALIGER LIEBHABER VON TOM!
WAHRSCHEINLICH WAR ES EIFERSUCHT. TOM HATTE WAS MIT DEM MOHREN!
WENN ES EIN MOHR WAR! DIE AMME SAGT, ES SEI EIN TEUFEL GEWESEN! MIT HAAREN ÜBERALL.
...UND EINEM LANGEN SCHWANZ.
...EINEM LANGEN, DICKEN SCHWANZ.
...SO DICK WIE 'NE PFERDEWURST!
AH?!
MAN HAT DEN BLUTIGEN DOLCH GEFUNDEN... EIN AFRIKANISCHES VOODOO-MESSER FÜR TEUFLISCHE RITUALE!
??!
UND ZUDEM HAB ICH SEINEN DOLCH, EINE SOCKE UND DIE KRÖTE!
SEINEN DOLCH?! WIESO SEINEN DOLCH?!
„UND WAS NOCH DEINE FREUNDE HEUTE SCHAFF ZU GEGEB'NER ZEIT BEISEITE..."
SCHLUCK

GUS!!
WAS?! WAS?!!
THOMAS POOPE SITZT IM TOWER UND WIRD WAHRSCHEINLICH GEKÖPFT... ES IST WOHL DAS BESTE, WENN DU DEN JAGO SPIELST!
AH.
JA.
GUT.
ALLES KLAR.
ARMER TOM.
ALLERDINGS. TOM POOPE WAR EIN GUTER SCHAUSPIELER! WAS FÜR EINE GESCHICHTE! ICH FÜHLE MICH ÜBRIGENS INSPIRIERT, AUS ÖTHELLÜ, DEM TÜRKEN, EINEN MOHREN ZU MACHEN!
...EINEN MOHREN?!
GENAU. DA MUSS ICH ABER DEN TITEL ÄNDERN. WIE HEISSEN MOHREN DENN SO?
ICH FAND „ÖTHELLÜ" SEHR SCHÖN!
HM. GENAU. DIE SZENE SPIELT IN VENEDIG UND NICHT IN ISTANBUL! DER MOHR IST GENERAL UND LIEBT DESDEMONA, SEINE LIEBLICHE, TREUE FRAU. ABER DANN KOMMT DER SPANISCHE SCHURKE JAGO UND ERZÄHLT DEM MOHREN, DESDEMONA SEI EINE SCHLAMPE!
DER MOHR IST DUMM GENUG, DAS ZU GLAUBEN, UND ERWÜRGT DESDEMONA. JAGO UND DER MOHR WERDEN FREUNDE UND FAHREN IN DEN URLAUB NACH IBIZA. ENDE.
WAS?!
ÄH... UND WENN DER MOHR BESSER DEN JAGO ERWÜRGTE UND MIT DESDEMONA IN DEN URLAUB FÄHRT?! DAS IST IRGENDWIE PUBLIKUMS-WIRKSAMER, FINDEST DU NICHT?
WILLI! DA DRAUSSEN SIND ALLE HETERO-SEXUELL! KEINER WILL SEHEN, WIE EIN MOHR UND EIN SPANIER ZUSAMMEN URLAUB MACHEN!

AH !?! DA DRAUSSEN SIND ALLE HETEROSEXUELL ! UND WAS BIN ICH ?! ICH BIN NICHT HETERO-SEXUELL ODER WAS ?!
DOCH, DOCH...
KLAR BIST DU DAS !

ABER ERINNERE DICH AN DIE ERSTE VERSION VON ROMEO UND JULIA ! JULIA TOT IN DER GRUFT UND ROMEO WIRD GLÜCKLICH MIT SEINEM FREUND BALTHASAR ! DAS WOLLEN DIE LEUTE NICHT SEHEN, WILLI, DAS IST...
ICH BIN DER DICHTER !
KLAR BIST DU DER DICHTER. KLAR ! ICH MEINE JA NUR...
ICH HABE FRAU UND KINDER IN STRATFORD ON AVON !!

ABER VON MIR AUS ! STERBEN AM SCHLUSS EBEN ALLE !
GUT.

... UND STATT „ÖTHELLÜ - DER TÜRKE VON ISTANBUL" HEISST DAS STÜCK „OTHELLO - DER MOHR VON VENEDIG" !
GENIAL.

## ACT VIII

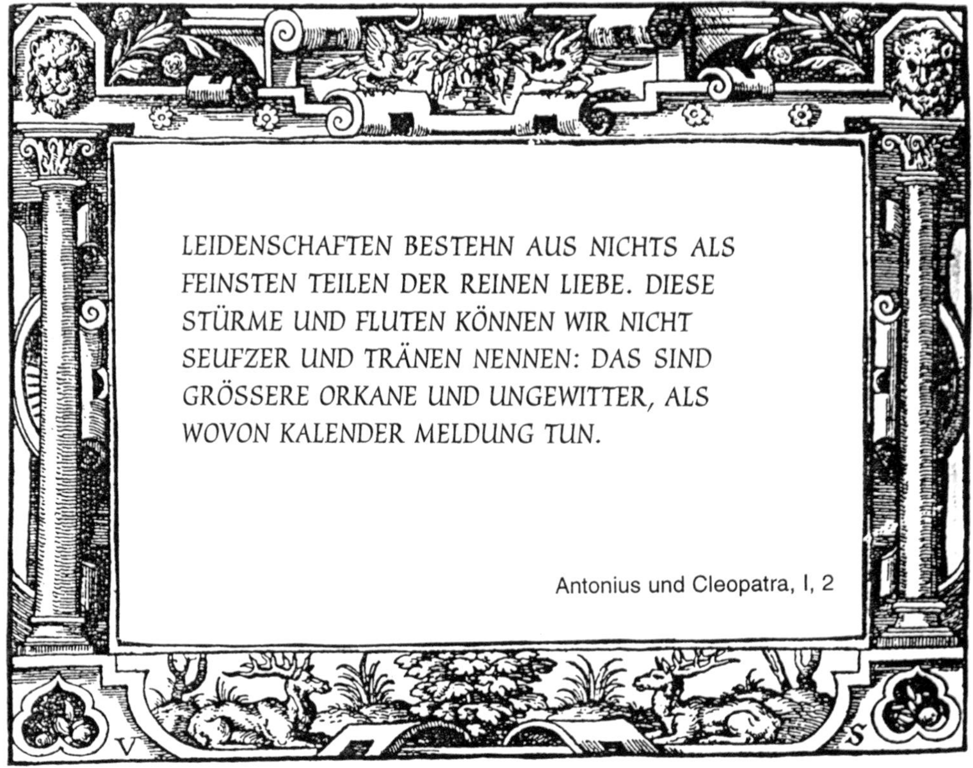

LEIDENSCHAFTEN BESTEHN AUS NICHTS ALS FEINSTEN TEILEN DER REINEN LIEBE. DIESE STÜRME UND FLUTEN KÖNNEN WIR NICHT SEUFZER UND TRÄNEN NENNEN: DAS SIND GRÖSSERE ORKANE UND UNGEWITTER, ALS WOVON KALENDER MELDUNG TUN.

Antonius und Cleopatra, I, 2

FÜNF MINUTEN! LÄNGER NICHT!
JA, HERR... DANKE, HERR!
UND SEHT EUCH VOR! MAN SAGT, ER IST MIT DEM TEUFEL IM BUNDE!
?
JA, HERR... DANKE, HERR.
CLAC
CLAC

BIN GLEICH WIEDER DA!
JA, HERR... DANKE, HERR!
TÜR-RUMS!!

JA, HERR! DANKE, HERR! GEHTS AUCH ETWAS WENIGER UNTERWÜRFIG?!
SO KOMMT FRAU LEICHT DURCHS LEBEN UND DIE KERLE MACHEN KEINEN ÄRGER!
ICH WILL DEN KERLEN ABER ÄRGER MACHEN!! VON DIESER SCHEISS-PERÜCKE JUCKT MIR DER KOPF!!

BULLETTE !!
HI ! WIE GEHTS ?!
IST DAS 'NE SCHERZFRAGE ?!
DARF ICH VORSTELLEN... DAS IST HIPPOLYTA, MEINE FRAU UND... NEUE GESCHÄFTSFÜHRERIN DER PFERDE-SCHLÄCHTEREI.
PFERDE-SCHLÄCHTERINNENEI !
HÖR ZU, POOPE, WIR HABEN NICHT VIEL ZEIT... ES STEHT SCHLECHT UM DICH ! SIE DISKUTIEREN NOCH, OB SIE DICH HINRICHTEN ODER INS IRRENHAUS STECKEN !
?!
...ICH SCHÄTZE, SIE HAUEN IHM EINFACH DEN KOPF AB ! ER IST IMMERHIN EIN KERL ! WENN FRAU MIT DEM TEUFEL IM BUNDE STEHT, SUCHEN ERST DREI HENKER DIE NACKTEN MÖPSE NACH HEXENMALEN AB UND DANN STEIGT DIE GANG BANG-PARTY MIT PEITSCHEN UND ZANGEN UND DERLEI SPÄSSEN !
ER IST SODOMIT ! MIT SODOMITEN GEHEN SIE AUCH NICHT GERADE ZIMPERLICH UM ! SIE STECKEN IHM VIELLEICHT GLÜHENDE EISEN IN DEN ARSCH, BEVOR SIE IHN KÖPFEN !
JA, ABER BEI FRAUEN LASSEN SIE SICH MEHR EINFALLEN ! ICH HÖRTE VON AUGEN AUSSTECHEN, ZUNGEN RAUSSCHNEIDEN, HÄNDE ABHACKEN –
SEID IHR BALD FERTIG ?!
HAST DU DEN SAFT VON HOPPEDANCE ?!
HIER ! ABER PASS AUF MIT DEM ZEUG !
ER SAGT, WENN DU DAS TRINKST, FÄLLST DU FÜR EINE WEILE IN TODESÄHNLICHEN SCHLAF ! ALLE KÖRPERFUNKTIONEN SETZEN AUS... DEIN HERZ SCHLÄGT EINMAL IN DREISSIG MINUTEN, DEIN ATEM GEHT IN ZEITLUPE UND DU WIRST KALT WIE EINE LEICHE !
GESUND IST DAS AUCH NICHT !

SIE WERDEN DICH HIER FINDEN UND GLAUBEN, DU BIST TOT... UND SIE WERDEN DICH IN EURE FAMILIEN-GRUFT SCHAFFEN... UND DA WACHST DU AUF UND KANNST DICH UNBEMERKT VOM HOCKER MACHEN!!
DAS IST GUT. ABER JEMAND MUSS GRONZO BESCHEID SAGEN!
SCHON ERLEDIGT.
ICH KENNE EINE TUNTE MIT BLONDEN HAAREN, DIE SICH AUCH GELEGENTLICH VON DEINEM MOHREN BUMSEN LÄSST... DIE IST GANZ IN ORDNUNG.
DIE GEHT ZU IHM UND ERKLÄRT IHM ALLES.
FAGGOTS AGLOW
...UND DANN MEINTE DIE DICKE PFERDEWURSTLESBE ZU MIR, ICH SOLL AUCH NOCH ZU DEM NEGER GEHEN UND IHM SAGEN, DASS TOM POOPE TOT IST!
WAS?!
ABER IRGENDWIE NICHT RICHTIG TOT! ER STEIGT DANN ANGEBLICH AUS DER GRUFT WIE SO'N ZOMBIE!
DIE HAT DOCH'N KNALL!
DA WÜRD ICH MICH AN DEINER STELLE RAUSHALTEN! HÖRT SICH VERDAMMT NACH TEUFELSWERK AN!
DENK AN SAM SANDWICH!
ICH MISCH MICH DA NICHT EIN... ICH BIN FROH, DASS DER SCHWARZE MICH NUR GEVÖGELT HAT UND NICHT GEKILLT!
UND WAS TOM POOPE MIT IHM HAT, GEHT MIR SOWIESO AM ARSCH VORBEI!
...ABER WIE ER GEVÖGELT HAT!
DAS WERDE ICH ALLERDINGS VERMISSEN...
TJA... GEIL WAR'S... VORBEI IST'S...
SEUFZ!!!

BILSENKRAUT -
KONZENTRAT
ACHTUNG !!!
TÖDLICHES GIFT !!!
Niemals direkt
ins Ohr trä

POC
POC

HI, GILBERT!
...WAR GRAD IN DER NÄHE UND DACHTE, ICH SCHAU MAL BEI EUCH REIN...
?!

DAS TRIFFT SICH GUT... WIR WOLLTEN SOWIESO MIT DIR REDEN...
AH ?!

JA. WIR FINDEN DAS NÄMLICH ALLES EIN BISSCHEN SELTSAM... DEIN GEQUATSCHE VON HEXEN, VOODOO, DEM DOLCH DES SCHWARZEN... VON VOLLMONDNÄCHTEN IM WALD, DEN MORDEN AN TOMS VATER UND SAM SANDWICH...
..."SELTSAM"?

NAJA... TOM IST IM GEFÄNGNIS, UND DU SPIELST DEN "JAGO"... DIE HEXEN HATTEN RECHT, UND DU HAST ERREICHT, WAS DU WOLLTEST, ODER ?!
ROBERT SCHLÄFT IM GARTEN. ICH MACH UNS'N TEE.

NCCHRR...

?!!
NCCHR...
WIR HABEN UNS NÄMLICH GEFRAGT, OB ZWISCHEN TOMS UNGLÜCK UND DEM SCHWARZEN UND DEINEN HEXENSPRÜCHEN EIN ZUSAMMENHANG BESTEHT UND...
...OB MAN DEM ARMEN TOM NICHT AUS DER KLEMME HELFEN KÖNNTE, WENN MAN ZUR POLIZEI GINGE UND ERZÄHLEN WÜRDE, DASS DU DOCH IM BESITZ DER MORDWAFFE WARST...
DA IST WAS FAUL IM STAATE DÄNEMARK, ODER WAS MEINST DU ?!
NCCHRR...
ZISCH!
??!
...ANDERERSEITS WOLLEN WIR DICH JA NICHT IN SCHWIERIGKEITEN BRINGEN!
ABER DU SOLLTEST UNS SCHON SAGEN, WAS...
HIER STIMMT WAS NICHT...
WAS ?!
DA WAR GERADE EIN SCHLANGE AN DER HECKE!
UND GUCK, WIE ER HIER LIEGT!!
EINE SCHLANGE?!!
ROBERT!!!

ER ATMET NICHT MEHR !! ROBERT !! O GOTT !! HOL HOPPEDANCE !!! SCHNELL !!
SCHLÄGT SEIN HERZ NOCH ?!

...SEIN HERZ ?! SCHLÄGT SEIN HERZ NOCH ?!!

ZISCH!

??

RÖCHEL...

..HMP...

BÖRG
WÜRG!

ÄCHZ!
KEUCH...

GRUMMEL...
?

KRACKWOMM!!!

OH!!
VON SKORPIONEN VOLL IST MEIN GEMÜT!!!

SCHLUCHZ!!

BLITZ
STÖHN...

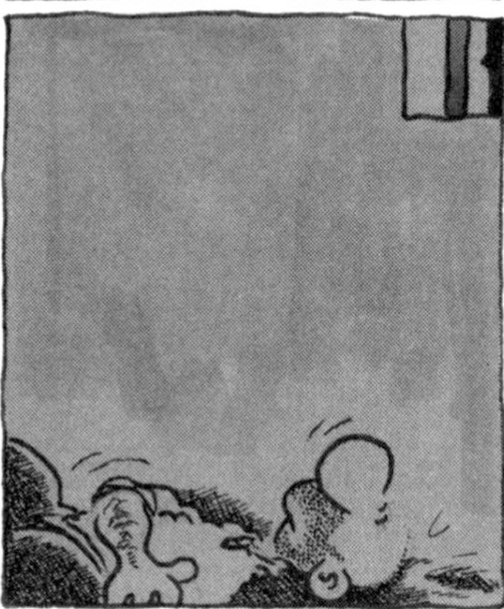

FRAU FLUTH !!

FRAU FLUUTH !!!
WAS ? WAS ?!

HABT IHR'S SCHON GEHÖRT ?!
WAS ? WAS ?!
DER KLEINE POOPE HAT SICH IM TOWER SELBST GEMORDET !!
WAS ?!!
SIE HABEN IHN SCHON BEIGESETZT !!
ER LIEGT SCHON IN DER FAMILIEN-GRUFT !!!

WAS ?!
TOM POOPE IST TOT !!!

THOMAS POOPE

KRA-
RUMS!

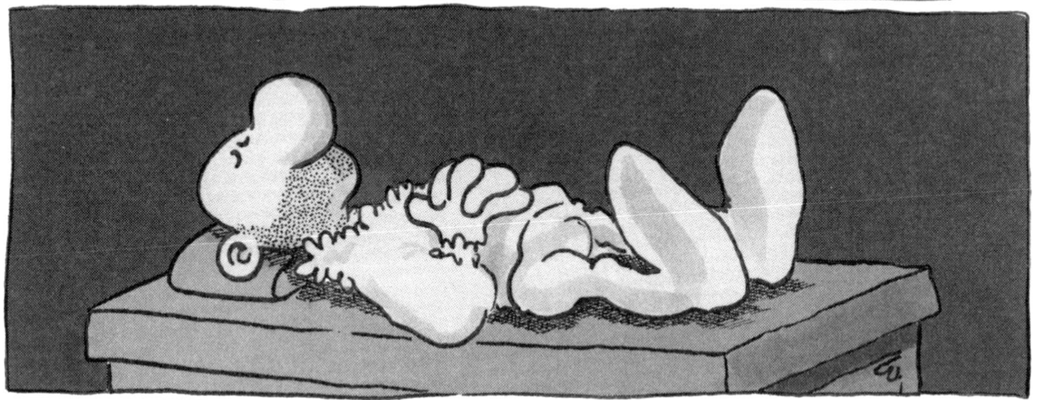

AAAARRGH!!
RATSCH!
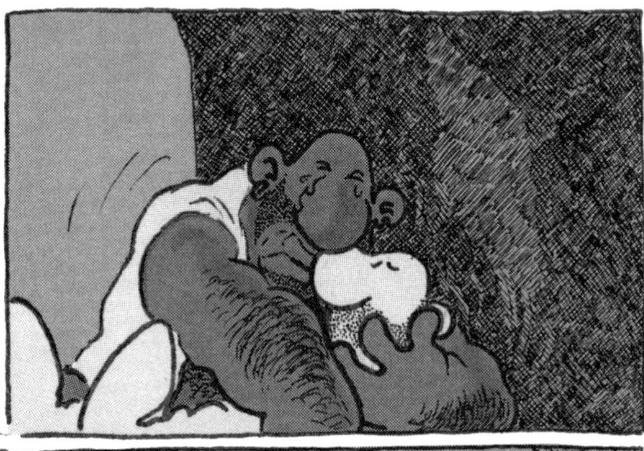

..SCHLUCKZ!!

THE POOPES' FINAL ROTTING PLACE

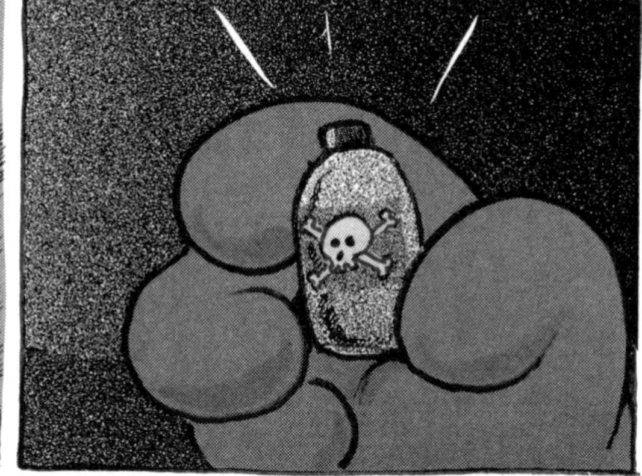
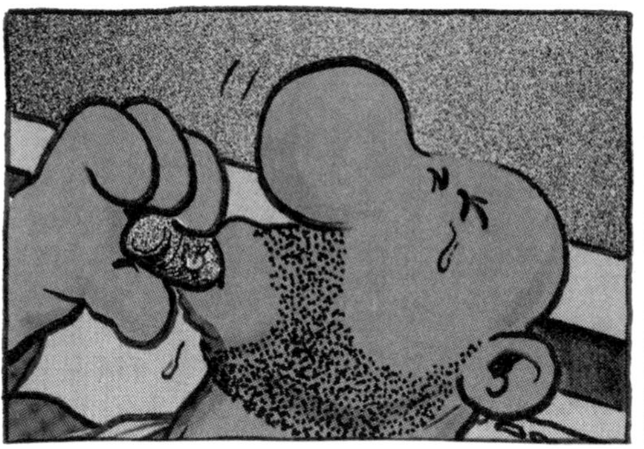

SCHNÜFF !

?
?!
?!
WÜRG...

BÖRGS !!
FLATSCH

?

GRONZO ?!
GRONZO !! WAS...

WAS...
...HAST DU GETAN ?!!

O NEIN !!!

DAS IST NICHT WAHR !! GRONZO !!!
GRONZO, WACH AUF !!!

GRONZO...
BITTE...
SCHNÜFF...

DEINE BRUST IST NOCH WARM !!! SCHLUCHZ !!

KNUTSCH

...KEIN TROPFEN GIFT MEHR AUF DEINEN LIPPEN, DER AUCH MICH NOCH TÖTEN KÖNNTE ?,
WAS HAB ICH GETAN ?! ES IST... MEINE SCHULD !!
O GOTT !!

ABER EIN SCHWERT HAST DU DOCH MITGEBRACHT ?! EINE SPITZE KLINGE, DIE MICH ZU DIR BRINGT ?!

WAS HAST DU GESAGT ? ZU STERBEN... IST WIE EIN ORGASMUS... MAN IST FREI ! ES IST... GEIL !
ICH HOFFE, DU HAST RECHT.

DER REST...
...IST SCHWEIGEN.

# ACT IX

WENN GRAB UND BEINGEWÖLB UNS WIEDER SCHICKT,
DIE WIR BEGRUBEN, SEI DER SCHLUND DER GEIER
UNS TOTENGRUFT.

Macbeth, III, 4

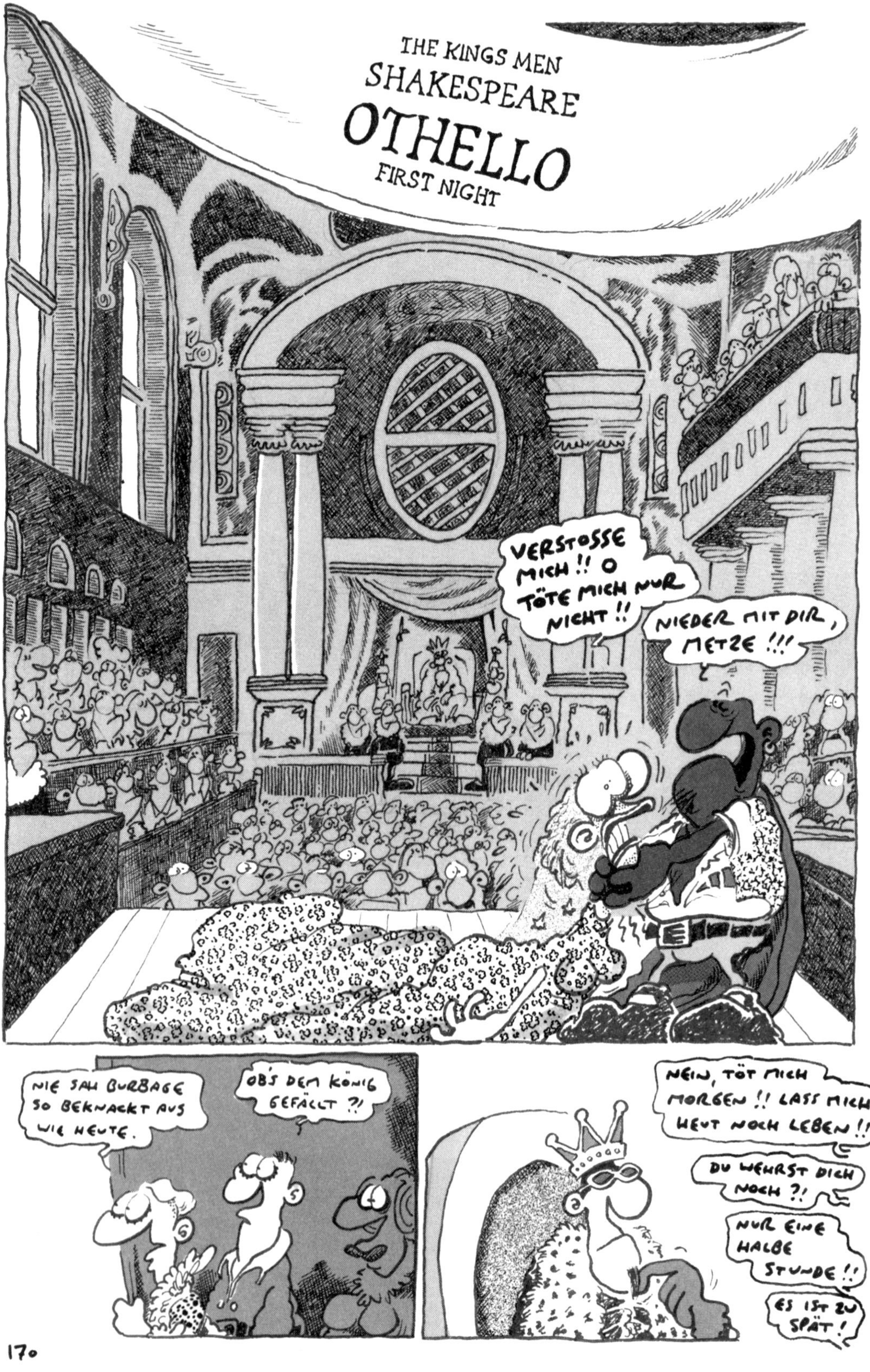

THE KINGS MEN
SHAKESPEARE
OTHELLO
FIRST NIGHT

VERSTOSSE MICH !! O TÖTE MICH NUR NICHT !!
NIEDER MIT DIR, METZE !!!

ÄHM... SHAKESBAG ?! EINE FRAGE...
...PEARE, MAJESTÄT... SHAKESPEARE!
...WENN NUN... DESDEMONA MAL HARTNÄCKIG FRAGEN WÜRDE, WIE DER MOHR EIGENTLICH DARAUF KOMMT, DASS SIE WAS MIT CASSIO HAT, DANN KÄME DOCH SEHR SCHNELL ANS LICHT, DASS JAGO HINTER ALLEM STECKT, ODER ?!
JA... ABER... DANN WÄR DIE GANZE DRAMATURGIE ÜBERN HAUFEN...
HM. GENIAL.
SIE WAR TREU WIE DER HIMMEL!!
CASSIO HAT SIE GEBOCKT! FRAG DEINEN MANN! DEIN MANN WEISS ALLES!
MEIN MANN ?!
MEIN FREUND, DEIN MANN – DER REDLICHE, REDLICHE JAGO!
HE, GUS! DU BIST GLEICH DRAN!
HM!
WAS IST LOS, GUS PHILLIPS ? BIST DU NERVÖS, WEIL WIR VORM KÖNIG SPIELEN ? ODER GRÄMT DICH DER TOD UNSERER KOLLEGEN ? „DAS HERZ IST DES LEBENS SKLAVE... DAS LEBEN NUR EIN NARR DER ZEIT. UND DIE ZEIT... SIE MUSS ENDEN..."
JA JA... SCHON GUT!

DER KÖNIG REDET MIT WILLI!

???!
?
?
RÖCHEL...

ABER DAS...
...DAS IST NICHT DER KÖNIG...
DAS IST...

...TOM POOPES VATER!! WIE ER MICH ANSTARRT MIT SEINEN TOTEN AUGEN... DIE KEHLE ZERSCHNITTEN UND DAS NACHTHEMD BLUTDURCHTRÄNKT!!
WAS?

...WAS HAT ER DENN?!
HE, GUS! WAS IST LOS?!
ÄH... GUS! DU MUSST JEDEN MOMENT AUF DIE BÜHNE!
HINFORT, GESICHT!!
SCHLUCHZ!

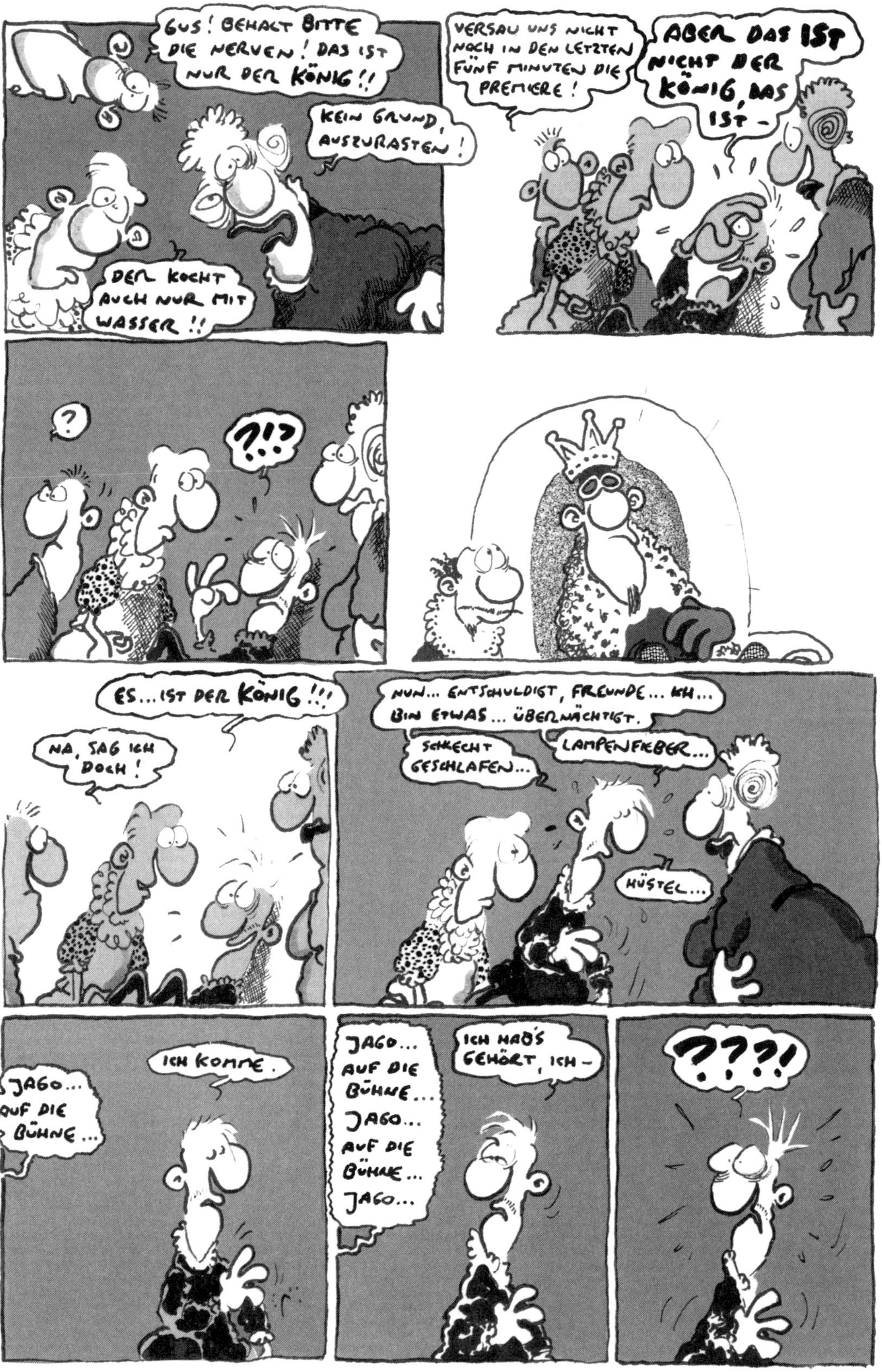

GUS! BEHALT BITTE DIE NERVEN! DAS IST NUR DER KÖNIG!!

KEIN GRUND, AUSZURASTEN!

DER KOCHT AUCH NUR MIT WASSER!!

VERSAU UNS NICHT NOCH IN DEN LETZTEN FÜNF MINUTEN DIE PREMIERE!

ABER DAS IST NICHT DER KÖNIG, DAS IST –

?

?!?

...JAGO... AUF DIE BÜHNE... JAGO... AUF DIE BÜHNE...
SAM... KRÄCHZ...
SAM SANDWICH!!
??
WAS?!
NEIN... DU KANNST DA NICHT STEHEN! DU BIST TOT! ICH SEH DOCH DIE WÜRMER UND FLIEGEN, DIE DICH FRESSEN!
JAGO... AUF DIE BÜHNE...
DU... BIST NUR EIN GEIST! EIN HAUCH IM WIND! EIN NICHTS!!
DU RUFST MICH AUF DIE BÜHNE?! GENAU! ICH GEHE AUF DIE BÜHNE!
GANZ RUHIG... AN DIR VORBEI!
ICH HABE KEINE ANGST VOR... HIRNGESPINSTEN.
...AN DIR VORBEI...
...GANZ RUHIG...
ICH MUSSTE DICH TÖTEN, BLÖDMANN!!
DU HÄTTEST UNS VERPFIFFEN!
???
O, AUCH HIER, JAGO?! HAST DU GUT GEMACHT, DASS MAN AUF DICH NUN MORDE SCHIEBEN KANN!!!
RÖCHEL...

AAAH..
AAAH...
?
??
?
...AAAAAAAAAHH!!!
...EIN SEHR GUTER SCHAUSPIELER, DIESER GUS PHILLIPS!
WIRKLICH BEACHTLICH!
???
VERZEIHT MIR!!!
ICH WARS!!!
ES WAR NUR EIFER-SUCHT!! ICH HABE DEN MOHREN GELIEBT!!!
?
?
?
ACH! ER HAT DEN MOHREN GELIEBT?! SHAKESBAG, SHAKESBAG! DAS IST SEHR GEWAGT FÜR EIN THEATERSTÜCK UM 1600...
SCHLUCK...
DER SEX MIT IHM WAR WAHNSINN!! ICH WOLLTE ALLES FÜR IHN TUN!!!
OH MEIN GOTT!!!
ÄH... WAS? WAS?!
???

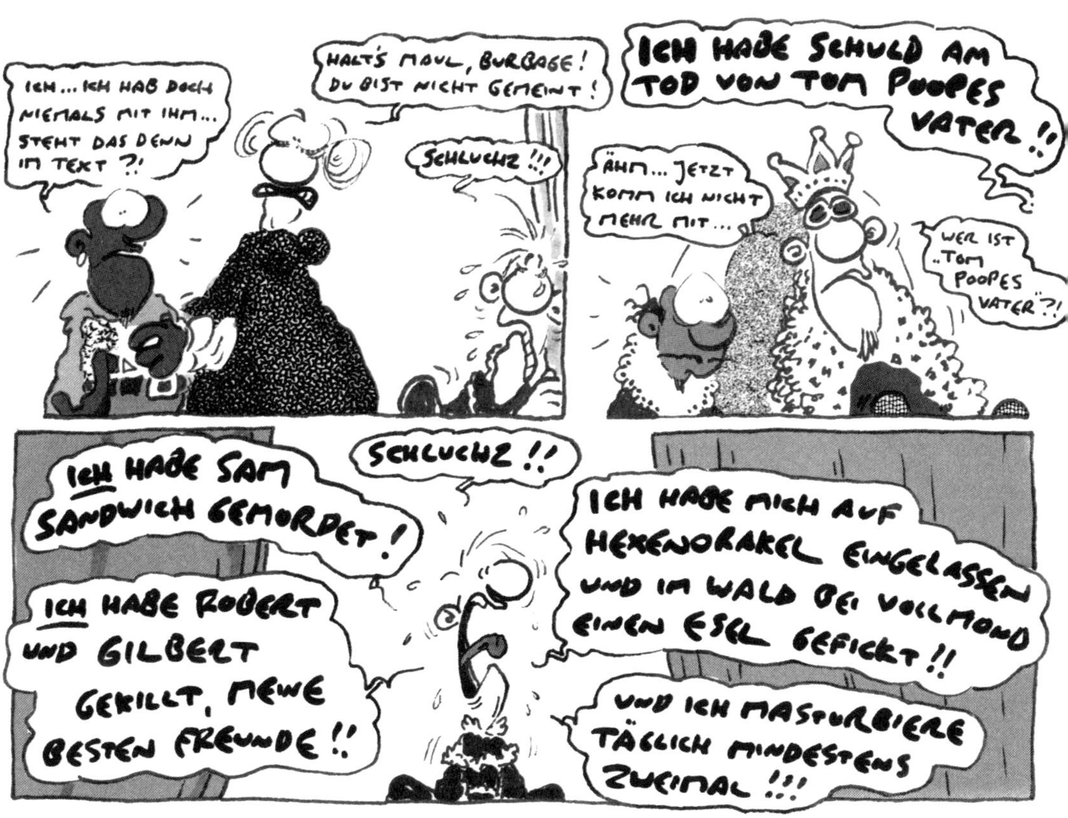

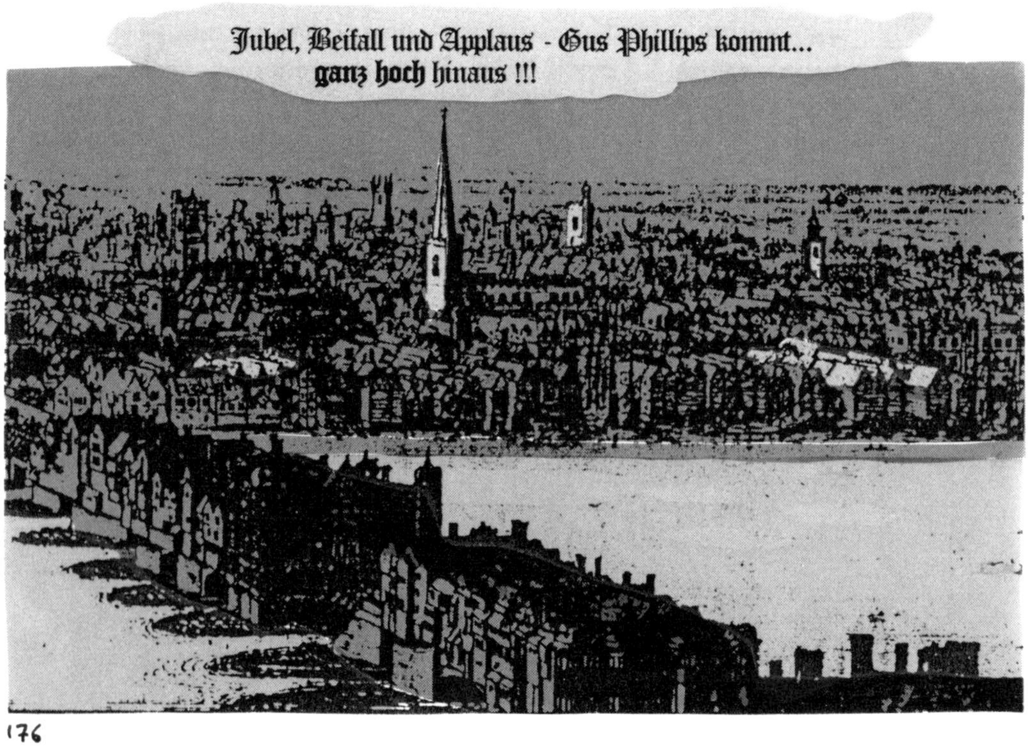

Jubel, Beifall und Applaus - Gus Phillips kommt...
**ganz hoch** hinaus !!!

Selbst der König wird dich loben...
Am Ende bist du...
...ganz ganz oben !!!
Kreisch !!! Gacker Gacker !!!

Leichenfrass...das Fleisch ist gar...

Wisst ihr noch, wer Gus Phillips war ?

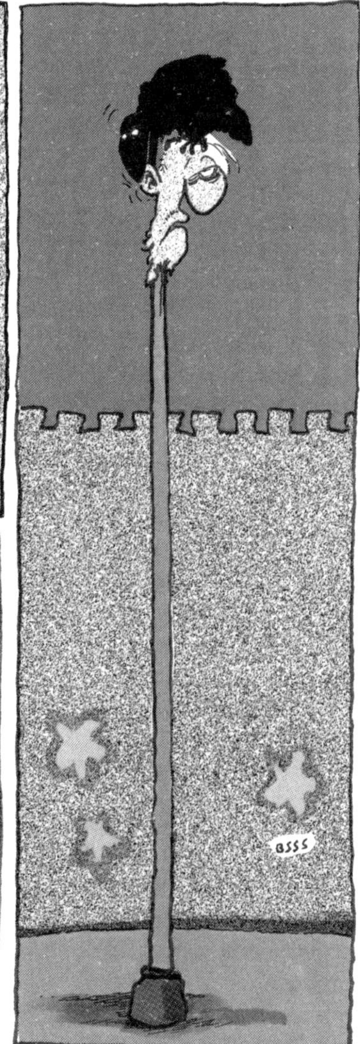

GRONZO UND ICH BESTIEGEN DAS NÄCHSTE SCHIFF UND SEGELTEN IN SEINE HEIMAT... NACH AFRIKA.

ER WAR IN DER GRUFT AUFGEWACHT UND HAT SICH ERBROCHEN, KURZ NACHDEM ICH MIR DAS SCHWERT IN DIE RIPPEN GESTOSSEN HATTE. ER HATTE EINE WOCHE MAGENKRÄMPFE UND ICH BLUTETE WIE EIN SCHWEIN...

SEIT DREI JAHREN LEBEN WIR NUN SCHON IN EINER WUNDERSCHÖNEN, VERSTECKTEN BUCHT... IN DEM HAUS, DAS ER GEBAUT HATTE, DAMALS, BEVOR ER NACH EUROPA KAM.

JEDEN TAG HOLT ER UNS DAS ABENDESSEN FRISCH AUS DEM BLAUEN MEER... DAS IST AUCH EIGENTLICH ALLES, WAS ER TUT.

ICH KOCHE UND PUTZE DEN GANZEN TAG, ABER DAS IST OKAY, WENN'S IHM NUR GUTGEHT.


IN VOLLMONDNÄCHTEN HABEN WIR MEISTENS DEN SEX, DEN ICH BRAUCHE.

DER MOND IST HIER RIESENGROSS UND HAT SEHR VIEL KRAFT...
SCHMATZ STÖHN..
...ABER AUCH HIER IST ER NUR EINMAL IM MONAT VOLL.

NEULICH WAR WIEDER EIN SCHWEDISCHES FRACHTSCHIFF IM HAFEN EINGELAUFEN.

HEY! VIELE BLOND!!
HÄHÄ...

ER WEISS NICHT, WAS TREUE IST, UND ICH VERSUCHTE, MEINE EIFERSUCHT ZU VERGESSEN. ABER ER KAM DREI NÄCHTE NICHT NACH HAUSE.

UND DANN SCHLIEF ER DEN GANZEN TAG UND ROCH NACH DUTZENDEN VON SCHWEDISCHEN, BLONDEN SEEMÄNNERN.

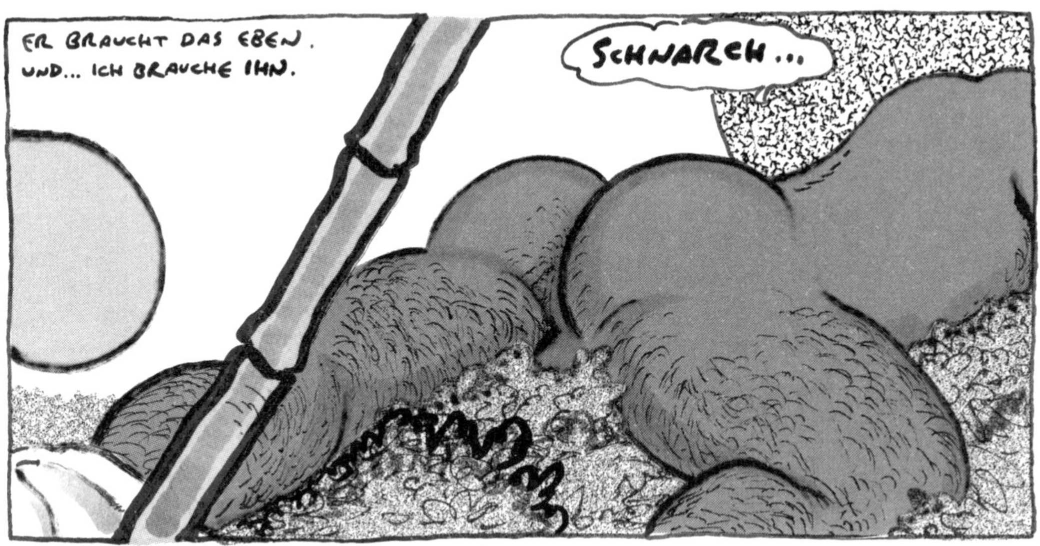
ER BRAUCHT DAS EBEN.
UND... ICH BRAUCHE IHN.
SCHNARCH...

DIE DORF-THERAPEUTIN HIER STECKT SCHWEINEPIMMEL AUF HOLZSPIESSE UND BEHAUPTET, GRONZO SEI EITEL, FAUL, SELBSTHERRLICH, EGOISTISCH UND RÜCKSICHTSLOS, UND ICH WÜRDE AN IHM NUR UNBEWUSST VERSUCHEN, MEINE GESTÖRTE KINDHEITS-BEZIEHUNG ZU MEINEM VATER AUFZUARBEITEN.
SCHLUCK...

...UND DER ERSCHIEN MIR PROMPT IN DER FOLGENDEN NACHT ALS UNRUHIGER GEIST.
THOMAS MEIN SOHN!
?!!
VA... VATER?!!

DEINE... HYSTERISCHEN TUNTENFREUNDE HABEN MICH GEMEUCHELT, THOMAS!!
JA... ICH WEISS. TUT MIR LEID, VATER, ICH HAB AUCH KEINE AHNUNG...
RÄCH' DIESEN SCHNÖDEN, UNERHÖRTEN MORD!!
A... ABER... SIE SIND JA SCHON ALLE TOT!
ACH SO. DANN HÖR MICH AN, MEIN SOHN!
JA, VATER?!

DEINE ZUKUNFT... IST DIE PFERDEWURST! DIE PFERDEWURST!!!
SEUFZ... JA, VATER.
SCHNARCH...

ES GIBT MOMENTE, IN DENEN ICH SICHER BIN: ER IST DER MANN MEINES LEBENS. WENN ER MIR SEINE WELT ZEIGT... DEN URWALD... ODER DAS MEER...

... ODER ICH IHM AUS SHAKESPEARE VORLESE, UND ER VOR SPANNUNG KAUM ATMET ODER VOR RÜHRUNG WEINT...

... DER TOD, DER DEINES ATEMS BALSAM SOG, HAT ÜBER DEINE SCHÖNHEIT NICHTS VERMOCHT... LIEBSTE JULIA, WARUM BIST DU NOCH SO SCHÖN ?!
SCHNÜFF
ABER SOLCHE MOMENTE SIND LEIDER SELTEN.

MANCHMAL KOMMEN DIE TYPEN SOGAR ZU UNSEREM HAUS.

HEY... WOHNT HIER EINE MÖHR ? SO'NE GRÖSSE, BREIT ?
NEIN!

HEY!!
AH! DA IST ER JA! HI!

UND DANN GEHEN SIE IN DEN URWALD UND SIND LAUTER ALS DIE BRÜLLAFFEN!

BATSCH! BATSCH! BATSCH! BATSCH!
AAAH! OOOOH!!! JAAAH!! JAHAHAA!!

ICH LEBE MIT DEM GEILSTEN ALLER MÄNNER IN EINEM WARMEN, BUNTEN PARADIES. ICH MÜSSTE GLÜCKLICH SEIN. ABER... WENN ROMEO UND JULIA ÜBERLEBT HÄTTEN... WÄREN SIE GLÜCKLICH GEWORDEN?

MIR FÄLLT EIN SONETT VON SHAKESPEARE EIN, DAS MIR NIE AUS DEM KOPF GING:

VERLUST DES GEISTS IN SCHMACHERFÜLLTER ÖDE,
DAS IST DIE LUST ALS TAT. UND BIS ZUR TAT
IST LUST MEINEIDIG, MÖRDRISCH, SCHNÖDE,
WILD, TIERISCH, GRAUSAM; ROH UND VOLL VERRAT.
SINNLOS ERJAGT UND GLEICH NACH DEM EMPFANG
SINNLOS GEHASST WIE EIN VERSCHLUCKTES GIFT.
IRR ERST VOR GIER, UND IRR DANN IM GENUSS,
ERSTREBT, ERLEBT, GEHABT - STETS OHNE ZAUM,
GLÜCK, WENN SIE WAHR WIRD - WURD SIE WAHR, VERDRUSS,
VORHER: ERHOFFTE FREUDE, NACHHER: TRAUM.

DIES WEISS JEDWEDER; DOCH NICHT WIE MAN FLIEHT
DEN HIMMEL, DER ZU DIESER HÖLLE ZIEHT.

ICH GLAUBE, ICH MÖCHTE ZURÜCK NACH HAUS...

# Anhang

## Anspielungen und Zitate

Seite 8 «Mir scheint, der jungen Männer Liebe liegt in den Augen nur – nicht in des Herzens Triebe», schimpft in ROMEO UND JULIA Pater Lorenzo, als Romeo sich schon wieder frisch verknallt hat, diesmal in Julia.
Romeo und Julia, II, 3

Seite 8 «Oh, nennt es Liebe nicht. Die Liebe floh zum Himmel ja, seit Wollust Liebe heißt», schreibt Shakespeare in VENUS UND ADONIS, und jeder, der schon mal so richtig scharf auf einen anderen war und dachte, das sei Liebe, sollte jetzt schön grübeln.
Venus und Adonis, 134

Seite 14 Krötenschleim und Unkenzehe sind nur zwei der ekligen Zutaten, aus denen die Hexen in MACBETH ihr Horrorsüppchen kochen.

Seite 20 «Unser Sohn wird gewinnen!» ruft der meuchelmörderische König und Stiefvater Hamlets in die Runde und hat für den Fall bereits den vergifteten Wein für den unbequemen Prinzen bereit.
Hamlet V, 2

Seite 20 Richard Burbage wird mitnichten ein so miserabler Schauspieler gewesen sein, als der er hier vorgeführt wird. Er hat im Gegenteil erst jene Schauspieltruppe gegründet, bei der der junge Shakespeare anfing, als er 1587 von Stratford-on-Avon nach London kam.

Seite 21 Sodomiten waren zu Shakespeares Zeiten nicht nur Begatter von Eseln und Schafen, auch Schwule wurden so genannt und waren mindestens genauso scheiterhaufenwürdig.

Seite 26 Henry Wriothesly, Earl of Southampton, muß tatsächlich ein hübscher Jüngling gewesen sein. Shakespeare preist seine Schönheit und Jugend in den SONETTEN, nicht ohne den Mann gleichzeitig ständig penetrant an die Vergänglichkeit von Schönheit und Jugend zu erinnern.

Seite 27 «Zum wilden Schweinskopf» heißt in der Schlegel-Übersetzung die Bierschenke «BOARS HEAD», in der sich der spätere König HEINRICH V. mit seinem fetten Kumpel Falstaff lustig unter den Tisch säuft, um ihm dann, kaum sitzt er auf dem Thron, eiskalt die Freundschaft zu kündigen, was dem Dicken das Herz bricht und ins Grab bringt.

Seite 37 «Ich bin dein Sklave ...», dichtet Shakespeare leidenschaftlich im SONETT 57 an den Earl of Southampton.

Seite 39 Hoppedance heißt in KÖNIG LEAR einer der bösen Geister, die dem Edgar erscheinen.

Seite 40 Die Amme in ROMEO UND JULIA ist eine bemutternd schwatzende Nervensäge, die erst Julia hilft, ihren Romeo zu ehelichen, und dann den Grafen Paris hübscher findet und Julia ein zweitesmal verheiraten will – aber Julia zieht die Totengruft vor.

Seite 50 Hexen orakeln dem MACBETH kommende Wahrheiten ins Ohr, die er besser nie vernommen hätte, denn nun versucht er das Schicksal gewaltsam dorthin zu bringen, wohin es ihm geweissagt wurde, und am Ende ist er zwar König, aber sein Kopf steckt auf einer Lanze und wird über der schottischen Landschaft gewedelt. Frauen, die als Hexen verunglimpft wurden, waren zur Zeit Shakespeares Opfer des allgemeinen Aberglaubens. Unter Elisabeth I. gab es 535 Hexenprozesse.

Seite 55 Elisabeth I. starb 1603. Ihr Nachfolger, Jakob von Schottland, war schwul und karrieregeil, aufgeblasen und abergläubisch, eben eine richtige, blöde Tunte. Aber er war ein großer Theaterfreund und ernannte Shakespeares Truppe zu den «Kings Men».

Seite 57 «O, die Männer ... diese Männer ...», seufzt Desdemona in OTHELLO, noch nicht ahnend, daß ihr Exemplar dieser Spezies ihr nur wenige Minuten später todbringend an die Gurgel gehen wird.

Seite 65 Bullcalf heißt einer aus der Lumpentruppe, die Falstaff in HEINRICH IV. für den bevorstehenden Krieg castet.

Seite 72 Schauspieler waren im London jener Zeit keine angesehenen Leute. Man vermutete in Sittenwächterkreisen hinter ihrer Kunst das Handwerk des Teufels und der

Unmoral – nicht zuletzt, weil Frauenrollen grundsätzlich von Männern gespielt wurden: Desdemona, Julia und Lady Macbeth waren Transen, und wenn sich der männliche Darsteller der weiblichen Viola in WAS IHR WOLLT als Mann verkleidete, blickte im Publikum wahrscheinlich keiner mehr durch.

Seite 73 Die Todesangst des Claudio in Shakespeares MASS FÜR MASS beeindruckt seine Schwester nicht so sehr, als daß sie bereit wäre, ihm durch eine kleine Nummer mit dem Statthalter Angelo das Leben zu retten, denn sie will ja Nonne werden, die Grundgute.

Seite 79 «O, Deine Liebe ist doch nicht so groß …», seufzt Shakespeare frustriert im SONETT 61 an den Earl of Southampton.

Seite 82 «Sein oder nicht sein …», sinniert HAMLET über Sinn und Zweck des Daseins und über die Frage, ob es bei allem Stress des Lebens nicht einfacher wäre, dem Ganzen durch Freitod einfach ein Ende zu bereiten … aber dann denkt er an den Stress, den die Seele vielleicht nach dem Tod ertragen muß, und läßt es doch lieber bleiben.
Hamlet, III, 1

Seite 94 Emilia Bassano hieß – möglicherweise – jene geheimnisvolle Lady, die Shakespeare in den späteren SONETTEN ähnlich leidenschaftlich bedichtet wie den Earl of Southampton, obwohl sie, wie er schreibt, nicht gerade hübsch war und zu Mundgeruch neigte: «… Und ich fand Duft, der mehr an Reizen bot / Als jener Hauch, der aus dem Mund ihr bricht.» Als dann der Earl und Emilia sich finden und ineinander verlieben, bleibt Shakespeare als unglücklicher Dritter außen vor.

Seite 97 «O, bewahrt Euch, Herr, vor Eifersucht …», flüstert in OTHELLO der hinterhältige Jago dem Schwarzen ins Ohr, um genau diese Eifersucht in ihm zu wecken.

Seite 98 Eine Balkonszene hat's auch in ROMEO UND JULIA, nur noch viel schöner.

Seite 106 Ein Tuch schenkt Othello seiner Desdemona als Liebespfand und macht dann einen tierischen Stress, als sie's nicht mehr hat … und erst jetzt sagt er ihr, daß das Tuch kostbar und magisch aufgeladen war, und daß er es einst von seiner Mama geschenkt bekam. Und währenddessen kichert sich Jago eins und schneuzt ins Tuch.

Seite 111 «What's Love», singt der Narr in WAS IHR WOLLT, und wieder zeigt sich, wie zeitlos Shakespeare ist, denn das gleiche singt fast vierhundert Jahre später Tina Turner und landet einen Hit.
Was ihr wollt, II, 3

Seite 120 «Jetzt ist die wahre Hexenzeit der Nacht ...», befindet HAMLET, als er sich entschließt, an dem falschen König und der verlotterten Mutter Rache zu nehmen für den gemeuchelten Vater.

Seite 123 Elfen, Satyrn, Geisterwesen bevölkern im SOMMERNACHTSTRAUM den nächtlichen Wald und treiben derbe Späße mit den verirrten Liebespaaren. Der Blütenstaub einer Zauberblume wirkt als Liebesdroge, worauf die Elfenkönigin sich versehentlich in einen Esel verknallt, und ihr Ex-Gatte Oberon ergreift die Gelegenheit, ihr den kleinen Griechen zu rauben, auf den er scharf ist. Jedenfalls geht alles drunter und drüber, es ist mondhell und schwül, und die Hormone hüpfen und tanzen.

Seite 136 «Wir sind aus dem Stoff, aus dem die Träume sind ...», sagt sehr schön Prospero in DER STURM, als er über die Vergänglichkeit aller Dinge philosophiert.

Seite 137 «O Grausen, Grausen, Grausen ...», brüllt Macduff in MACBETH, als er den erstochenen König findet. Macbeth macht auf ahnungslos, aber er hat ziemlichen Stress.

Seite 139 «Es war die Nachtigall und nicht die Lerche, die eben noch dein banges Ohr durchdrang ...», seufzt Julia schlaftrunken zur Morgenstund, als Romeo schon fort will und sie so gern hätte, daß er noch ein bißchen bleibt und kuschelt.
Romeo und Julia, III, 5

Seite 140 «... zu leben, im geilen Schweiß eines glitschigen Bettes», wirft Hamlet seiner Mutter vor, weil sie es mit dem Onkel treibt, der doch nur ein jämmerlicher Lackaffe ist gegen ihren würdigen, stolzen, ermordeten Ex-Mann, dem vorherigen König, der während dieser Szene als Geist neben dem Bett steht und seinem Sohn Anweisungen aus dem Jenseits gibt.
Hamlet, III, 4

Seite 140 «Dein Ohr wird meine Zunge ewig hassen ...», warnt Rosse den Macduff, bevor er ihm berichtet, daß MACBETH dessen ganze Familie abschlachten ließ, und als der daraufhin entsetzt rumjammert, heißt es: «Ertrag es wie ein Mann!», worauf Macduff die schöne Antwort gibt: «Das will ich auch, doch ebenso muß wie ein Mann ich's fühlen!»
Macbeth, IV, 3

Seite 141 «Ein Pferd! Ein Pferd! Mein Königreich für ein Pferd!» schreit der Tyrann RICHARD III., als es ihm endlich an den Kragen geht, weil er sich gern aus dem Staub machen würde, und ahnt nicht, daß er damit neben «Sein oder nicht sein»

und «Es ist was faul im Staate Dänemark» einen der bekanntesten Shakespeareschen Standardsprüche übers Schlachtfeld brüllt.
Richard III., V, 5

Seite 141 «Kommt, Geister, die ihr lauscht auf Mordgedanken ...», murmelt Lady Macbeth düster, als sie in dem Brief ihres Gatten liest, daß er Karriere machen wird.
Macbeth, I, 5

Seite 143 «Kann wohl des Meergottes großer Ozean dies Blut von meiner Hand reinwaschen? Nein, eher kann diese meine Hand blutrot die unermeßlichen Gewässer färben», jammert MACBETH, nachdem er die Tat getan.
Macbeth, II, 2

Seite 144 «Was brachtest du die Messer mit herunter?» fragt Lady Macbeth ihren verwirrten Gatten, als sie die blutigen, verräterischen Mordwaffen in seinen zitternden Händen sieht, und versucht, die Nerven zu bewahren ... dabei möchte sie ihm am liebsten ein hysterisches «Du Idiot!!!» vor den Latz brüllen.
Macbeth, II, 2

Seite 145 «Jetzt, eben jetzt, bespringt ein alter schwarzer Bock dein weißes Lämmchen», brüllt Jago ins Fenster von Desdemonas Vater und verrät ihm mit diesen unschönen Worten die Liebesgeschichte des Mädchens mit OTHELLO.
Othello I, 1

Seite 149 «Hier hingen diese Lippen, die ich geküßt habe», macht sich HAMLET klar, als er den Totenschädel seines Hofnarren aus Kindheitstagen in der Hand hält, und gibt damit das klassische Shakespeare-Motiv schlechthin.
Hamlet, V, 1

Seite 150 Bärenhatz war in London eine beliebte Volksbelustigung. Dabei wurden die «Bestien» in einer Arena von Hunden gerissen.

Seite 153 «Ihre Leidenschaften bestehen aus nichts als feinsten Teilen reiner Liebe», sagt Enobarbus in ANTONIUS UND CLEOPATRA.

Seite 155 Irrenhäuser waren zur Zeit Shakespeares von privaten Pächtern verwaltete Einrichtungen, in denen die Irren vom Publikum wie Zootiere begafft und gegen Aufpreis auch geschlagen werden konnten.

Seite 155 Die Augen ausgestochen, die Zunge herausgeschnitten, die Hände abgehackt ... das ist das Schicksal der unglücklichen Tochter des TITUS ANDRONICUS, damit sie die Täter nicht nennen kann, nachdem sie von den Söhnen der Gotenkönigin vergewaltigt wurde. Nichtsdestotrotz enden die Schlächter selbst als schmackhafte Hackfleischpastete im Magen der eigenen Mutter, die aber nicht ahnt, daß sie ihre Söhne verspeist. Shakespeares Splatter-Debüt von 1589.

Seite 155 Kraut, das den, der es trinkt, wie tot erscheinen läßt, führt am Ende von ROMEO UND JULIA die Liebenden in die Katastrophe, nur weil der giftmischende Pater meint, er hätte eine geniale Idee. Die Idee ist bescheuert, aber keiner zieht den Pfaffen zur Rechenschaft, und er kann lustig weiterpfaffen, als wäre nichts gewesen.

Seite 157 Bilsenkrautsaft tröpfelt der eigene Bruder dem König von Dänemark ins Ohr, um ihn zu töten und selbst König zu werden. Aber der Geist des Gemordeten berichtet seinem Sohn HAMLET von der Tat, und der macht vor Racheplänen kein Auge mehr zu.

Seite 160 «O! Von Scorpionen voll ist mein Gemüt!» jammert MACBETH nach all den Bluttaten, die auf seine Rechnung gehen, und das geschieht ihm nur recht.

Seite 161 Frau Fluth und Frau Reich sind Nachbarinnen und DIE LUSTIGEN WEIBER VON WINDSOR, die von Falstaff beide jeweils einen Liebesbrief gleichen Inhalts bekommen und sich ganz gemein an dem Dicken rächen.

Seite 163 In der Totengruft sehen sich auch ROMEO UND JULIA wieder, wenn auch zeitlich versetzt, weil immer einer der beiden gerade tot ist.

Seite 169 «Wenn Grab und Beingewölbe uns wieder schickt ...», keucht, ziemlich verdattert, MACBETH, nachdem ihm der Geist des ermordeten Banquo den Stuhl weggenommen hat.

Seite 171 «Das Leben ist nur ein Narr der Zeit ...», tröstet sich Percy in Heinrich IV., als er vom künftigen König in der Schlacht besiegt wird und stirbt.

Seite 180 «Räche den schnöden, unerhörten Mord!» verlangt der unruhige Geist von Hamlet, seinem Sohn ... aber der zögert so lange, seinen bösen Onkel zu killen, bis seine Freundin ertrunken und seine Mutter vergiftet ist und überhaupt der halbe dänische Hofstaat im eigenen Blut darniederliegt.

Seite 182 «Verlust des Geists in schmacherfüllter Öde ...», klagt Shakespeare im SONETT 129 über die Geilheit und hat so verdammt recht!

Ralf König

# Warum Shakespeare?

«Ich lebe wie ein Fiebernder, der meist
das wünscht, was seine Krankheit unterhält,
der was das Übel weiterführt verspeist
und seiner matten, kranken Lust gefällt.»

Haben wir diesen Zustand nicht alle schon einmal erlebt? Wie? Sie nicht? Dann sind Sie glücklich. Millionen Menschen sitzen aus diesem Grund weltweit beim Psychiater. Vielleicht hätte William Shakespeare um 1600 auch dort gesessen, unglücklich verliebt, leidend, zweifelnd – wenn es denn damals Psychiater gegeben hätte. Und sollte man dem Regisseur David Lynch glauben, der behauptet, Therapien schaden der Kreativität, dann ist es wohl ein Glück, daß es in jener Zeit in London keine Psychiater gab – wer weiß, vielleicht hätten wir von einem Shakespeare nie gehört.

Ich bin mir sicher, der Mann wußte, wovon er schrieb. Wenn man auch wenig Gesichertes über ihn weiß: Es steht in seinen Dialogen und Gedichten, mal klar beim Namen, mal zwischen den Zeilen. In seinen Dramen und Komödien spiegelt sich alles Leid und Vergnügen, aller Abgrund und jede Niedertracht, aller Stolz und Edelmut der Menschheit, und es hat sich – natürlich – nichts geändert seit Elisabeths Zeiten.

Motive und Zitate seiner Werke für einen Comic zu nutzen und ihn noch dazu selbst als Knollennasen-Männchen zu zeichnen, hat ein bißchen was von Sakrileg. Gibt es einen Größeren als Shakespeare? Darf man sich über IHN lustig machen? Ich hab's gemacht, denn ich denke, er hatte Humor.

Daß er zumindest zur Bisexualität neigte, kann als sicher gelten, obwohl das den homophoben Liebhabern seines Werks nie recht in den Kram paßte. «Im Mittelpunkte der Sonettenfolge steht in allen Lagen und Stufen die leidenschaftliche Hingabe an seinen Freund», heißt es in dem Vorwort zu der Übersetzung von Stefan George.

Und weiter: «Dies hat man hinzunehmen, auch wo man nicht versteht, und es ist gleich töricht mit Tadeln wie mit Rettungen zu beflecken, was einer der größten Irdischen für gut befand. Zumal verstofflichte und verhirnlichte Zeitalter haben kein Recht an diesem Punkte Worte zu machen, da sie nicht einmal etwas ahnen können von der weltschaffenden Kraft der übergeschlechtlichen Liebe.»

Wow. Geht's auch weniger dick? «Weltschaffende Kraft der übergeschlechtlichen Liebe»!

Shakespeare war scharf auf den Earl of Southampton, dem die Verse gewidmet sind, er reimte und sonettete dem Mann mit aller Leidenschaft dessen Schönheit vor die Füße! Na, was denn sonst?!

Ach ja. Er hatte ja Frau und Kinder in Stratford-on-Avon. Und? Heutzutage füllen Gruppentreffen schwuler Väter ganze Seminarhäuser! Und William hat ziemlich konsequent und zeitig die Koffer gepackt und Frau und Kinder in Richtung London verlassen, und so richtig zurück kam er erst, als er sich in der Hauptstadt zu Ende vergnügt hatte und im fortgeschrittenen Alter seine Ruhe wollte. Und daß er in einem Gedicht an Southampton dessen Pimmel wegwünscht, weil er zu seiner Schönheit nicht ganz passe – na und? Können wir wissen, was dahintersteckt? Vielleicht war die Sache etwas schlüpfrig, damals hieß Schwulsein noch «Sodomie», und Shakespeare pries so penetrant die Schönheit des Grafen, daß diese Bemerkung vielleicht eine Art Rechtfertigung war, daß auch alles ganz platonisch gemeint sei … Schließlich gab es damals noch keine GAY LIBERATION FRONT! (Oder vielleicht hatte der Earl ja wirklich kein schönes «Ding», wie Shakespeare sich ausdrückt. Vielleicht war das so ein dünnes, krummes, vorn mit einer dicken, roten … aber das führt jetzt zu weit.)

Ob schwul oder nicht, ist eigentlich unerheblich. Ich bin sicher, er hat alles, wovon er schreibt, auch gelebt, gedacht und gefühlt, und nichts war ihm fremd. Nicht die sexuellen Genüsse und Früste, nicht Liebeslust und -leid, nicht die gemütszerfressende Eifersucht und nicht der Zweifel am Sinn des Lebens und die Frage nach dem «Danach».

*Wir sind aus dem Stoff,*
*aus dem die Träume sind*
*und dieses kleine Leben*
*umfaßt ein Schlaf*

heißt es aus Prosperos Mund im «Sturm», und gab es je schönere, tröstendere, poetischere Worte für die Aussage: Es wird schon noch was kommen nach dem Tod … Wir haben ja schon in DIESEM Leben allen philosophisch und naturwissenschaftlich belegten Grund anzunehmen, daß sogar das JETZT und HIER nur Traum und Schein ist! Was wissen wir denn schon?

Über ihn wissen wir, wie gesagt, wenig Zuverlässiges. Selbst die gezeichneten oder gemalten «Portraits» stammen aus Zeiten weit nach seinem Ableben. Also wissen wir nicht mal, wie er aussah. Wer sagt, daß er keine Knollennase hatte?

Bei mir hat er eine, aber ich hab sie mit gebührendem Respekt gezeichnet. Meine Geschichte ist eine wild zusammenmontierte Handlung aus vielerlei Zitaten und Motiven seiner Werke, und ich glaube, er würde kichern, könnte er es denn mit heutigen Augen verstehen und lesen. Das glaube ich wirklich.

Ralf König

**Ralf König** wurde 1960 in Soest geboren. Er machte zunächst eine Tischlerlehre, besuchte dann eine Berufsaufbauschule und studierte schließlich von 1981 bis 1986 Freie Kunst an der Staatlichen Kunstakademie in Düsseldorf.

**Der bewegte Mann** *Comic*
(rororo 13450 / Großformat)
Erfolgreich verfilmt von Sönke Wortman mit Til Schweiger und Katja Riemann in den Hauptrollen.

**Pretty Baby** *Der bewegte Mann 2. Comic.*
(rororo 13451 / Großformat)

**Der bewegte Mann. Pretty Baby** *Der bewegte Mann 2. Comic*
(rororo 13620 / Großformat)

**Beach Boys** *Comics*
(rororo 13457 / Großformat)

**Lysistrata** *Frei nach einer Komödie von Aristophanes. Comic*
(rororo 13452 / Großformat)

**Jago** *Comic*
(rororo 22392 / Großformat)
«Jago» ist eine kühn zusammenmontierte Geschichte aus Shakespeare-Motiven, eine **König**liche Hommage an den großen Engländer und die von ihm beschworene «weltschaffende Kraft der übergeschlechtlichen Liebe». Übergeschlechtlich? Da lacht der König ... Mit einem Quellennachweis der Zitate und Anspielungen.

rororo Unterhaltung

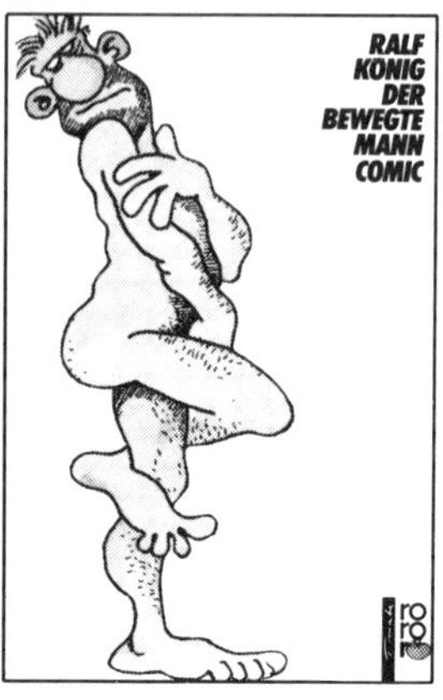


Ralf König / Detlev Meyer
**Heiße Herzen** *Liebeslesebuch*
(13453 / Großformat)
Ralf Königs Knollennasen treffen auf Detlev Meyers Lichtgestalten. Das kann nur gutgehen! Männerherzen entflammen lichterloh und illuminieren ein Wunderland der Sinnenfreude, in dem verliebte Jungs und leidenschaftliche Kerle sich gegenseitig das Leben zum Himmel machen, zum siebten - versteht sich.

Ralf König / Martin Walz
**Kondom des Grauens** *Das Buch zum Film*
(rororo 13880 / Großformat)

Ein Gesamtverzeichnis aller lieferbaren Titel der Rowohlt Verlage, Wunderlich und Rowohlt Berlin finden Sie in der *Rowohlt Revue*. Vierteljährlich neu. Kostenlos in Ihrer Buchhandlung.

Rowohlt im Internet:
http://www.rowohlt.de

3656/1